逃げる役人

密命 はみだし新番士2

葵

二見時代小説文庫

目次

逃げる役人——密命 はみだし新番士 2

第一章　上様のお呼び出し

一

神田《かんだ》の町を抜けて、不二倉壱之介《ふじくらいちのすけ》は、日本橋《にほんばし》の通《とおり》油町《あぶらちょう》に向かっていた。蔦屋重《つたやじゅう》三郎《ざぶろう》を訪ねるためだ。

その表通りには、書肆《しょし》の蔦屋がある。

壱之介は手にした風呂敷包みを前に持ち直した。そこには、日本橋で買い求めた菓子の箱が包まれている。先般、いろいろと世話になった重三郎へのお礼の品だ。

小伝馬《こでん》町《まちょう》の町を通りながら、壱之介はおや、と道の先に目を留めた。一人の武士が、顔を振り向かせたからだ。

その目はこちらを通り越して、さらに後ろを見ている。四十ほどに見える年嵩《としかさ》の武士だ。

壱之介はそっと振り向いた。

背後にも武士が歩いている。若いその武士は、振り返ったその目を避けるように、横を向いている。

なにごとか、と口中でつぶやきながら、壱之介は歩みを続けた。

先を行く武士は辻で立ち止まった。また、小さく振り向く。

背後の若い武士は、歩みをゆっくりに変えた。

壱之介は双方をそっと窺いながら、思いが浮かんだ。あの年嵩の武士、尾《つ》けられているのか……。

その男は辻を曲がろうかどうしようか、と迷っているふうだった。

尾けられていることを察しているに違いない。

その足が動いた。右へと曲がろうと踏み出す。

壱之介は思わず振り返った。

あとに続く男の足が、速まっていた。

と、そこに棒手振《ぼてふり》の若者が後ろから駆けて来た。

「おっと、いけねえ」

そう大声を出すと、若い武士にぶつかった。

提げた桶も大きく揺れて、武士の脚を打つ。

くっ、と声を漏らして、若い武士が立ち止まった。

「こやつっ」

そう怒鳴りつけ、若者に向き合う。

「やっ、すいやせん」若者は腰を曲げる。

「躓《つまず》いちまって、どうかご勘弁を」

「このっ、無礼者がっ」

武士が顔を赤くして、脇差しの柄《つか》に手をかけた。

いかん、と壱之介は走った。

「お待ちを」そう言いながら、二人のあいだに立ち、武士と向かい合った。

「桶の重さで足を取られたのでしょう、お許しを」

若者に振り向くと、「へい」と頭を下げた。

「さいで、まっこと、ご無礼をいたしやした。どうか、お許しを」

ぺこぺこと頭を下げる。

くっ、と息を吐いて、若い武士は顔を横に向けた。と、いかん、とつぶやいて走り出した。

辻に飛び出すと、そこで足を止めた。

顔を巡らせて、拳を握る。その足が地面を蹴った。

壱之介はそのようすに、ふむ、と思った。どうやら、追っていた武士を見失ったらしいな……。

へへ、と若者の笑い声が聞こえた。

え、と壱之介が見ると、若者は小さく舌を出していた。

それをしまって棒を担ぎ直すと、すたすたと来た道を戻り出す。

「待て」

壱之介は横に並んだ。

若者は横目を向けてくる。

「あっと、お助けいただいて、かっちけねえこってした」

「そなた」その顔を覗き込む。

「わざとやったのか」

へんっ、と若者は肩をすくめた。

「まあ、そういうこって。あっしは南畝《なんぽ》先生が好きなもんで、お助けしたまででさ」

「南畝先生？　尾けられていたお方か」

「そうでさ。大田《おおた》南畝、別名は四方赤良《よものあから》……ご存じなかったんですかい」

「いや、その名は知っているが、あのお方とは……」

ふふん、と若者は顎を上げる。

「あっしは狂歌《きょうか》が大好きなもんで、南畝先生のお屋敷に魚を届けに行ったりしてるんでさ」

「ほう、そうなのか」

「ええ。で、さっきお見かけして、声をかけようとしたら、どうも尾けられているようだったんで、ちいと味方をしたってわけでさ。いろいろ大変そうだってぇ噂を、耳にしたもんで」

「なるほど」

唸る壱之介に、若者は振り向いて肩をすくめた。

「あの追っ手に見つかるとまずいんで、あっしは行きますぜ」

早足になる。

壱之介はそこで立ち止まり、見送った。

あのお方が大田南畝殿か……。そう思いつつ、壱之介は踵《きびす》を返し、道を戻り始めた。

通油町に出て、壱之介は賑わう道を進んだ。

この通りには多くの書肆が集まっている。

壱之介は、人が集まっている広い店先に向かった。店の前には耕書堂《こうしょどう》と書かれた行灯《あんどん》の看板が立っている。書物や絵を売る書肆としては耕書堂を名乗っているが、版元としての名は蔦屋だ。その主が重三郎だ。

賑わう店先から中へと入って行き、すでに顔見知りとなった手代に、壱之介は挨拶をした。が、手代は少し困ったような面持ちになって、奥を目で示した。

「すいません、旦那様には今、お客様が見えてまして」

言いつつも座敷に上がって、振り返った。

「ちょっと訊いて来ます」

壱之介は風呂敷包みを胸で抱えた。なれば、渡してもらえばよいか……。

と、手代が戻って来て、手で奥を示した。

「どうぞ、お上がりください」

「あ、そうですか……では、お邪魔をします」

壱之介は草履《ぞうり》を脱ぐと、前にいくどか通った廊下を進んだ。

奥の部屋は障子が開けられており、胡座《あぐら》をかいた重三郎の姿があった。向かい合った客の背中も見える。

重三郎は黒縁の眼鏡越しにこちらを見ると、「おう」と手を上げた。

「お入りなされ」

では、と壱之介は座敷に入って正座をした。

斜め前に座る客が、顔を向ける。

「あっ」と壱之介は目を見開いた。

「大田南畝、先生……」

「おう」重三郎が顔を向ける。

「知っていなさるか」

南畝は壱之介を見て、目を眇《すが》める。知っている人か知らぬ人か、とその目は見定めるように揺れていた。

「あの」壱之介は膝を南畝に向けた。

「ここに来る途中、後ろを歩いていたのです」

ああ、と南畝は頷いた。

「それでか、見たことがあるような気がして……」

「ふうん」重三郎は二人を交互に見る。

「そうなのかい」

「はい」壱之介も二人を見た。

「実は……先生のあとを尾けていた武士がいたのです。それを町人がぶつかって邪魔をしまして……」

「おう」南畝が声を上げる。

「そうだったのか。あの者、どうりで途中からいなくなったと思ったら」

目元を弛ませる南畝に、壱之介は、

「実は棒手振が……」

と、その出来事を話す。

「ふうん、魚売りか……では、虎吉《とらきち》かな、今度、礼を言わねば」

話を聞いていた重三郎は、小さく笑った。

「どこにでも味方がいるのは、さすが、南畝先生だ」が、その顔をすぐに歪めた。

「尾けていたのは目付、か」

その言葉に、南畝は黙って頷いた。その横目を壱之介に向ける。

探るようなその眼差しに、重三郎は首を振った。

「ああ、そのお人なら心配はご無用……で、あろう？」

にっと笑う重三郎に、壱之介は戸惑いつつ、南畝に向かって頷く。

「はい、不二倉壱之介と申します。目付ではありません」

新番士《しんばんし》の見習いという身分を、言うべきか言わざるべきかと、迷いが揺れ続けていた。

蔦屋さんも知らないのだから、ここで言うのはどうか……。そう思いながら、壱之介は重三郎を窺った。

「そう」重三郎は顎を撫でた。

「少なくとも、あたしの見るところ目付じゃあない。旗本の長男だそうだがな」

南畝は、まだ訝《いぶか》しげな眼差しを向けてくる。

壱之介は、今は言わずにおこう、と息を吸い込み、背筋を伸ばした。

「わたしの弟が絵師の見習いをしておりまして、蔦屋さんによく使いで来ているのです。わたしも若輩者《じゃくはいもの》ゆえ、蔦屋さんに世のことをいろいろと教えていただいておりまして……」

話しながら脇に置いた風呂敷包みを解いて、菓子の箱を差し出す。

「本日はそのお礼に、粗菓《そか》を持参した次第です」

前に置かれた箱に、重三郎は目を細めた。

「これは律儀な……では、ありがたく頂戴しましょう」

頭を下げる重三郎に礼を返し、壱之介はちらりと南畝を見た。面持ちは硬い。

大事な話があるのであろう……。そう考えた壱之介は、いま一度、会釈をして、腰を上げた。

「では、わたしはこれにて……」

南畝と重三郎が小さく頷く。

壱之介は賑わう店先を抜けて、明るい表通りへと出た。

二

江戸城の長い廊下を、壱之介は進んだ。

将軍の御座所《ござしょ》がある中奥《なかおく》へと続く廊下だ。

城に上がったのは、昨夜、父の新右衛門《しんえもん》から、告げられたためだった。

〈今日、お小姓の梅垣《うめがき》様より、言づてが参った。上様がお召しだそうだ、明日は登城せよ〉

　壱之介はその言葉を胸の内で繰り返しながら、将軍家斉《いえなり》の顔を思い起こしていた。まだ十五歳の若い将軍だ。三歳年上の壱之介は、家斉が世継ぎとして西の丸に暮らしていた頃から、新番士見習いとしていた仕えてきた。

　新番士である父は、その頃は本丸に詰め、前将軍の家治《いえはる》の警護をしていた。家治の逝去によって家斉が将軍を継いで本丸に移ったため、壱之介は見習いの身分のまま、本丸の御番所詰めになっていた。

　廊下を進むと、前から梅垣が近づいて来た。

「おう、参られたか、今、上様にお伝えするゆえ、廊下にて控えよ」

　そう言って、梅垣は中奥の部屋へと入って行く。

　廊下で端座《たんざ》していると、梅垣が障子を開けた。

「こちらへ」

　座敷を通り過ぎて、さらに奥へと案内される。

　壱之介がついて行くと、これまで入ったことのない小部屋へと通された。そこに、家斉がいた。お付きの者の姿はない。梅垣は障子を閉めると、廊下を去って行った。

　家斉は顔を上げ、

「参ったか、近《ちこ》う」

と頷く。

ははっ、と座敷に手をついて低頭する壱之介に、家斉はさらに声を投げかける。

「よい、もそっと近うに」

はっ、と膝行《しっこう》して行くと、家斉は身を乗り出した。壱之介の耳へと顔を近づけると、家斉は声を低めた。

「ある事を耳にしたのだ。勘定奉行所の組頭をしていた者が、行方をくらましたというのだ」

あ、と壱之介は思わず顔を上げた。

「土山宗次郎《つちやまそうじろう》のことですか。お役御免となって富士見御宝蔵《ふじみおたからぐら》の番頭《ばんがしら》に左遷され、その後に行方知れずになった、という」

「ふむ、そなたも知っていたか」

「はい、町で聞きました」

「なんと」家斉の声が高まった。

「町で知れ渡っているというのか」

「あ、いえ」壱之介は慌てて手首を振る。

「聞いたのは、江戸の事情通からで……蔦屋重三郎という者です。土山宗次郎とも親交があったそうで」

　壱之介は、以前、重三郎と舟に乗った日のことを思い出していた。話しをしたいという壱之介を、重三郎が吉原《よしわら》に向かう舟に同乗させてくれたのだ。そこで、土山宗次郎と大田南畝がしばらく前に吉原の遊女を身請けし、江戸中の評判になった、という話を聞いていた。そして、その土山宗次郎が行方知れずになったらしい、と重三郎は潜《ひそ》め声で付け加えた。

　ふむ、と家斉の面持ちが弛んだ。

「蔦重《つたじゅう》と呼ばれている者だな。版元として多くの書物を出していると、余も聞いてはいる。そなた、蔦重と知り合ったか」

「はい、絵師見習いの弟が出入りしております縁で」

「ほう、なればますますよい。土山の事情なども知ることができよう。そなた、土山宗次郎を探し出せ」

　は、と壱之介は将軍の顔を見返し、慌てて目を伏せた。

「ご無礼を……」

　壱之介はそっと唾を呑んだ。町のようすを探れ、という密命を受けることになって、まださほどの月日は経っていない。登城はせずに町を探索する日々に、ようやく馴染んできてはいた。が、行方知れずの人を探すとなると……。

黙り込む壱之介に、家斉は言葉を続けた。

「なんとしても探し出すのだ。そして、切腹させよ」

「えっ」思わず声が漏れた。

「せ……」

唾を呑み込む音が鳴り、家斉が眉を寄せる。

「さよう。すでに目付が探していると聞いた。見つかれば、評定にかけられるであろう。聞いたところ、御用金を懐に入れ、私《わたくし》に使ったというではないか。かような重罪であれば、死罪は免れまい」

将軍のささやきに、壱之介は黙って頷く。

家斉は眉を寄せた。

「しかし、その者、蝦夷《えぞ》に通じており、意次《おきつぐ》から蝦夷対策の役割をまかされていたと聞いた」

あ、と壱之介は目を見開いた。

前の老中田沼《たぬま》意次は、蝦夷の地の重要性を説き、探索や開拓に取り組んでいたことが広く知られていた。

そうか、と壱之介は思う。田沼様に蝦夷のことを進言した役人がいた、と聞いたことがある、それが土山宗次郎だったのか……。

　家斉は声をくぐもらせた。

「意次が重用《ちょうよう》した者が死罪となれば、あやつが喜ぶであろう。ますます勢いづくに相違ない」

　その苦々しい声音に、壱之介はそっと息を呑んだ。

　あやつ、が松平越中守定信《まつだいらえっちゅうのかみさだのぶ》を指しているのはわかっている。

　家斉は、新たに老中首座に就いた松平定信を疎《うと》んじている。

　そして、松平定信は田沼意次を嫌っていたため、家治の逝去と同時に、失脚に追い込んでいた。

　家斉は身を起こすと、天井を見上げた。

「さらに、だ。その土山とやらが死罪となれば、蝦夷への対策も反故《ほご》にされかねぬ。余は以前、意次より蝦夷の大事なることを聞いたゆえ、それは避けたいのだ。切腹となれば、死罪よりも体面が保てよう」

　なるほど、と壱之介は目で頷いた。松平定信への対抗心だけではなく、御政道の先行きも心配なさっているのだな……。

「御意《ぎょい》」壱之介は低頭した。

「承知つかまつりました。土山宗次郎を探し出し、上様のご下命を果たすべく、相務《あいつと》めまする」

「うむ」家斉は、ほっとした声に変わった。

「頼んだぞ」

「はっ」

壱之介はいま一度、低頭した。


中奥の小部屋を出て、壱之介は新番士の詰め所に向かった。

廊下から中を覗くと、すぐに父の新右衛門が振り向いた。

いかがであった、という面持ちで、壱之介の前にやって来る。

「お尋ねしたいことが……」

そう壱之介がささやくと、うむ、と父は廊下へと出た。

「外に行こう」

中奥の内玄関から庭へと出る。

御殿から離れると、父は振り向いた。

「して、訊きたいこととはなんだ」

はい、と壱之介は隣に並ぶ。

「勘定奉行所の組頭であった土山宗次郎殿のことなのです。父上はご存じですか」

ううむ、と父は顔をしかめる。

「その件であったか、上様のご下命は……」

父は庭で立ち止まり、御殿に顔を向けた。

「そら、見えるか、あそこが勘定所だ」

障子が閉まっているが、間口の広さが見て取れる。

新右衛門は息子を横目で見た。

「土山宗次郎殿のことは噂で聞いている。しかし、会ったことはないし、姿も知らぬ。聞いたのは、仕事に秀《ひい》でていたために組頭に上り、勘定奉行であった松本秀持《まつもとひでもち》様にも目をかけられていた、ということだ。さらにその縁で、田沼様にもつながったらしい」

「なるほど、そういう経緯でしたか」

「うむ、が、わたしが知るのはそこまでだ」父はそう言って歩き出す。

「土山殿の騒動は、役所の中でのことよりも、外でのことが重きをなしているはず。

るが、詳しいことは我らにはわからぬ」

吉原で豪遊している、遊女を身請けした、などのよくない風聞があったのは知ってい

　はあ、と壱之介は父のあとについた。

「では、勘定奉行であられた松本様のことはご存じですか。田沼様に見出され、重用された、というのはわたしも聞いたことがあるのですが」

　ふむ、と新右衛門は大きく振り向くと、手を上げた。

　手の先には、天守台《てんしゅだい》が見える。

　江戸城の天守は、明暦《めいれき》の大火で焼失し、その後再建されなかったため、石垣で築かれた天守台だけが残されている。

「松本家は、天守番という低い身分だったそうだ。が、経緯は知らぬが、田沼様にその才を見出され、勘定方に取り立てられた。よほど、才覚のあるお方だったのだろう。そこから、組頭、吟味役《ぎんみやく》と出世なされ、勘定奉行にまで出世なされたのだ」

「そうだったのですか」

「うむ、異例の出世ゆえ、城内では知らぬ者はない。羨望《せんぼう》の的《まと》といってもよかろう。が、田沼様の辞任とともに、お役御免となって小普請組《こぶしんぐみ》に回された。さらに、罪まで問われて逼塞《ひっそく》を命じられた」

逼塞は外出や来客を禁じられるが、夜間だけは来客が許される罰だ。蟄居《ちっきょ》ほど重くはなく、三十日か五十日という期限も設けられる。

そうか、と壱之介はつぶやいた。

「松平定信侯は、田沼様についていたお人は次々に排したゆえ、そのうちのお一人だったわけですね」

この十月の二日。田沼意次は去年の二万石に続き、三万七千石を召し上げられ、永《えい》蟄居《ちっきょ》を命じられていた。

「ああ、田沼憎し、というあからさまな勢いで関わりのお人らを切ったからな。松本様は配下の土山宗次郎の監督不行き届き、という罪名だったらしいが、まあ、それは潰すための口実でもあったろう」

「なるほど。しかし、配下が罪を犯したとなれば、上役が罰せられてもしかたありませんね」

「そうさな。関与があったのかどうか、そのへんはわからぬしな。が、土山宗次郎を捕まえて吟味すれば、そこも明らかになろう」

「そうですね」

壱之介は立ち止まる。切腹させてしまうと、吟味はできなくなるだろうが……。ちらりと父を見た。切腹させよ、という御下命はさすがに言い出せない。

父が振り向く。

「土山殿の探索をするといっても、城中では目途《めど》が立つまい。目付が動いているにもかかわらず、未だ見つからぬのだ。おそらく、町にこそ手がかりがあろう。上様も、それゆえにそなたに密命を下したに違いない」

壱之介は背筋を伸ばした。

「わかりました。覚悟を持って、探索に当たります」

「うむ」父が息子の腕を叩く。

「しっかりな」

「はい」

壱之介は本丸御殿に背を向けて、歩き出した。

三

町に出た壱之介は、神田へと足を向けた。

田沼様といえば、と胸中で繰り返す。

足を速め、亀山町《かめやまちょう》の徳兵衛《とくべえ》長屋《ながや》へと急いだ。

戸が少し開けられた部屋の前に立ち、

「ごめん」

と、声を投げかける。

机に向かっていた秋川友之進《あきかわとものしん》が顔を上げた。

「おう、壱殿《いちどの》」

笑顔に応えて、壱之介は土間へと入っていく。

隣の文机《ふづくえ》から、妹の紫乃《しの》も顔を上げた。

「まあ、こんにちは」

二人とも手にしていた筆を置いた。

「邪魔をして申し訳ない」

壱之介が頭を下げると、二人は首を振った。

「いえいえ、ちょうど休もうかと思っていたところだ」

友之進が言うと、紫乃も頷いた。

「ええ、ずっと書き続けていると、字が乱れてきますから、よい間合いです。今、お茶を淹れますから、どうぞお上がりを」

立ち上がる紫乃に頷いて、壱之介は草履を脱いだ。

文机に広げられている紙が目に入る。

机の前には書見台が置かれ、本が広げられている。

職を探していた二人に、筆耕《ひっこう》の仕事を口利きしたのは壱之介だ。蔦屋であれば、筆耕を求めているに違いない、と考えて引き合わせ、上手く運んでのことだった。

「して」友之進は膝を回す。

「なにやら急ぎのようすだが、用事でもおありか」

うむ、と壱之介は膝を向かい合わせる。

「田沼様のことで……」

む、と友之進の顔が引き締まる。

友之進は田沼家の家臣として仕えていた。紫乃も奥女中として、二人で老中田沼家の屋敷に住み込んでいたのだ。が、去年、将軍家治の逝去により辞任に追い込まれ、田沼家は禄も減らされた。ために、辞することになった多くの家臣のうちの二人が、友之進と紫乃の兄妹だった。

「なにか」

背筋を伸ばす友之進に、壱之介は小声になる。

「田沼様は勘定奉行所の組頭であった土山宗次郎殿に目をかけておられたようなのだが、ご存じですか」

　ああ、と友之進は天井を仰いだ。

「あのお方か、うむ、お屋敷でいくどもお見かけした。御奉行の松本様とお見えになったこともあったな」

「そうですか」壱之介は膝で寄る。

「その土山殿はどのようなお人でしたか」

「ふうむ……声の大きなお方、でしたな。殿との話が聞こえてくることもありました。が、憚《はばか》るふうもなく、しゃべっておられましたよ」

「そうそう」

　紫乃が湯飲みを載せた盆を手に、戻って来た。

「どうぞ、麦湯《むぎゆ》ですけど」湯飲みを置きながら、紫乃は顔を上げた。

「声がよく通るので、いらしているのがすぐにわかりました。大股で歩かれるので、足音も響いて、お歳よりもお若く見えましたね」

「歳……いくつくらいでしたか」

「五十近く、と聞きましたよ。なれど、四十そこそこに見えるほどで」

紫乃が小さく肩を上げる。

へえ、と壱之介は身を乗り出す。

「なにを話していたのでしょう」

ふうむ、と友之進は苦笑する。

「聞くともなく聞こえてしまった話では、蝦夷のことでしたね。土山様は、蝦夷地のことを、田沼様に熱心に話されていましたな。最初は、松本様とご一緒にお越しでした」

「ほう……では、その松本様はどのようなお方でしたか」

「あのお方は、土山様とは違いましたな。謹厳《きんげん》そうな面持ちで、声もお振る舞いも控えめで」

兄の言葉に、紫乃が頷く。

「ええ、いかにも真面目そうで、されど気さくなお方でしたね。わたくしども家臣にも、偉そうに威張ることなく、挨拶を返してくださるほどの。そういうところは殿と同じで、皆、親しみを感じていたと思いますよ」

「うむ、わたしにもそうであった」

兄妹が頷き合う。

ううむ、と壱之介は腕を組んだ。

「土山殿のほうはよからぬ噂があったようなのですが、聞いていましたか」

「それは」と友之進が口元を歪めた。

「お屋敷にも伝わって来ましたが、詳しいことはわかりません。吉原で豪遊した、と聞いても、なにしろわたしは吉原になど行ったこともありませんし。豪遊がどのようなものか、見当もつきませんから」

苦く笑う友之進に、壱之介も苦笑を返した。

「わたしも同様です」

頷き合う二人を見て、紫乃は微笑みを浮かべ、それを袖で隠した。


秋川兄妹の家を出て、壱之介は長屋の奥へと向かった。

そこは父の新右衛門が借りてくれた部屋だ。

弟の吉次郎《きちじろう》が、壱之介の町での探索を知り、便利なはずだから長屋を借りたいと言い出したからだ。実のところは、師匠の家で寝起きする吉次郎が、ゆっくりと寝る場所を欲してのことだった。

戸を開けて入ると、壱之介は置かれた文机に向かった。

今日、聞いたことを書き留めておこう、と胸の中で思っていた。

机には紙が広げられ、絵が描かれている。

ほう上手いな、と感心しつつも、壱之介はそれを下ろして、白い巻紙を広げた。

墨を磨《す》って、筆を手に持つ。

密命を書くわけにはいかないな……。そう考えながら、父から聞いた話、秋川兄妹の話などを書き留めていく。

その手が、小さく震えた。ぶるっと、肩も震える。

壱之介は顔を上げた。腰高障子《こしだかしょうじ》の戸の向こう側は、いつのまにか薄暗くなっていた。

寒いはずだ、と壱之介は部屋の中を見回した。火鉢がすぐ近くに置いてある。

すでに十月も下旬になっていた。

そこに、戸が開いた。

「あ、兄上」入って来たのは吉次郎だ。

「来ていたのですか」

上がり込んで来る。

「おう、書き物をしにな。そなたは仕事がすんだのか」

「ええ、蔦屋さんに絵の見本を届けて来たんです。そのまま帰ってよい、と師匠に言われてたんで、戻って来ました。兄上、火をつけずにいたんですか」

「うむ、今、火鉢に気がついたゆえ、覗こうと思っていたところだ。火はどうやってつけるのだ」

兄の言葉に、吉次郎は火鉢へと寄って行く。その灰を火箸《ひばし》でかき回すと、ああ、と笑みを浮かべた。

「よかった、消えてなかった。種火ですよ」

出て来た炭はほんのりと赤味を帯びていた。

吉次郎はこよりを近づけて、ふうっと息を吹きかける。

火が紙に燃え移って、赤い色を揺らした。そこに炭を入れていく。

ほう、と感心する壱之介に、吉次郎は口を尖らせた。

「今度から、火くらい熾《おこ》しておいてくださいよ」

言いながら、こよりを行灯《あんどん》に持って行って、灯心に火をつける。

「いや」壱之介は首を掻く。

「書き物をしていて、薄ら寒くなったことに、やっと気づいたのだ」

あ、と吉次郎は巻紙を見る。

「紙を使うのはかまいませんが、補充もしてくださいね」

うむ、と頷きながら、吉次郎を見る。しっかりしてきたものだ、と思わず笑みが浮かんだ。幼い頃、あとをついてくるばかりだった姿が思い出された。

「ここは便利でよいな。屋敷は町から遠い」壱之介は部屋を見渡す。

「泊まっていくかな」そうつぶやくと、

「やですよ」吉次郎は首を振った。

「布団はひと組っかないんですから、凍《こご》えてしまいますよ」

すんっと顔を上げる。

「そうか」壱之介は苦笑して腰を上げた。

「では、帰るとしよう」

「ええ、それがいいですよ。うかうかしてると暗くなっちまいますからね」

町人のような口調に、壱之介は笑った。

「ではな、また来るぞ」

土間で振り向くと、吉次郎がやって来た。

見送りは、と言いかけたが、吉次郎は土間横の竈《かまど》へと寄って行った。置かれた薬缶《やかん》の蓋を取って、覗き込む。

「さあて、湯でも沸かすか」

壱之介は失笑して、外に出た。

四

朝、屋敷を出た壱之介は、まっすぐに通油町へと向かった。以前、重三郎に聞いた話を思い出していたからだ。

大田南畝は土山宗次郎と懇意にしていた、と重三郎は言った。その土山が罪を疑われ行方知れずになったため、南畝も狂歌を世に出すことを控えているのだ、と。

壱之介が蔦屋の店先に立つと、顔なじみの手代がすぐにやって来た。

「おはようございます」

手代は心得たもので、踵を返して奥へと行った。すぐ戻って来ると、腰を折った。

「あいすいません、旦那様はこれからお出かけだそうで、またのお越しを、とのことでございます」

「そうですか、わかりました」

壱之介は礼を言って、店先を離れる。が、数歩進んで、立ち止まった。

そこで見ていると、重三郎が羽織を翻《ひるがえ》して出て来た。

「おはようございます」

駆けていって声をかけると、重三郎は足を進めながらこちらを見た。

「おう、兄さん」

重三郎は吉次郎の兄と知って、兄さん、と呼ぶ。

「いや、手代に聞いたんだが、今日はこれからお客人を迎えに行かなけりゃならないときた……上方《かみがた》からのお客で、吉原に案内するもんでね」

「はい、すみません、お迎えの所までご一緒してもよいですか」

「ああ、そりゃかまわないがね」

足早に歩く重三郎に、壱之介は並んだ。

「大田南畝殿と土山宗次郎殿はつき合いがあった、とおっしゃってましたよね。どのようなつき合いだったのですか」

重三郎は日本橋の表通りへと向かって行く。

「ああ、そのことか……昵懇《じっこん》と言ってもいいほどのつき合いで、ともに吉原に上がったり、深川《ふかがわ》や洲崎《すさき》の楼閣《ろうかく》に上がったり、土山様のお屋敷にもよく呼ばれていたようでね。ま、ときにはあたしも、加わったりしましたがね」

へえ、と目を丸くする壱之介に、重三郎は小さく肩を上げた。

「まあ、狂歌の仲間が集まって歌を詠み合うってのが元だったんだが、ほかの文人仲間や御武家、町人らも加わって、花見だ月見だ雪見だとどんちゃん騒ぎ。なんにもなくともただ集まって、多いときには四、五十人ほどもいたな」

「そんなに」壱之介はさらに目を見開いた。

「あの……松本様もいらしていたのですか」

「松本？　どこのだい」

「勘定奉行でいらした松本秀持様です」

ああ、と重三郎は空を見た。

「土山様から聞いたことはあるが、そのお方は一度も見かけたことはないな。遊ぶようなお人じゃなかったんじゃないのかい」

そうですか、と壱之介はつぶやいた。

再び、あの、と口を開きかけたとき、重三郎が足を止めた。

「ここだ」

目の前の大きな旅籠《はたご》を指で差す。

「そいじゃな」戸口に向かいながら、振り向いた。

「夜に来てくれりゃあ、ゆっくりと話ができるが」

「あ、では」

壱之介は頷いた。

「改めて、伺います」

「おう」

と、重三郎は旅籠の広い土間へと入って行った。


長屋の部屋で、壱之介は行灯に灯を入れた。

障子の外は薄闇が広がっている。

戸が開いて、吉次郎が声を上げた。

「あれ、兄上、いたんですか」

「うむ、おかえり」壱之介は火鉢をぽんと叩く。

「火も熾したぞ」

へえ、と言いながら上がって来た吉次郎は、目を丸くした。

布団が二組、敷いてある。

「なんですか、これは」

おう、と壱之介は顔を上げた。

「買ったのだ、いつでも泊まれるようにな」

へえ、と吉次郎は腰を落とす。

「いえまあ、いいですけど」

吉次郎は布団に這って行くと、ごろりと横になった。その顔を横に向けて、枕を見た。壱之介はにっと笑う。

「枕を並べて寝るのは、子供の頃以来であろう」

はあ、と吉次郎は顔を仰向ける。

「けど、どうせ枕を並べるのなら、柔らかぁい娘がよいなぁ」

「なんと」壱之介は口を曲げる。

「一人前のことを言うているわ」

や、と吉次郎は上体を起こした。

「一人前ですよ、わたしは。このあいだ、吉原に上がったんですから」

「吉原に？」

目を剝く壱之介に、吉次郎はにっと笑う。

「そうです。いやぁ、ようくわかりました。女《おなご》というのは見ただけじゃわからない。

近くに寄れば香《かぐわ》しく、触ればその手触りのなんともいえない柔らかさ……」

「なんと」壱之介は声を尖《とが》らせる。

「そ、そなた、そのような都合をどのように……」

「いやぁ」吉次郎は肩をすくめる。

「わたしの手銭《てせん》じゃありませんよ。師匠に連れて行かれたんです。師匠は前っからわたしが女を描くと、この下手くそめが、て怒って……で、ちょうどいい、来いって連れて行かれたんです。師匠が蔦屋さんの口利きで、ある太夫《たゆう》の絵姿を描いてほしい、と頼まれたので。で、行ったら、妓楼《ぎろう》の主がわたしに新造《しんぞう》を当てがってくれたんです。師匠が気を利かせて、つけてくれたみたいですけど」

吉次郎は目を細めて、それを天井に向ける。

「小桃《こもも》っていう娘で、小さくて柔らかくて……いや、真、見ただけでわかったつもりになったのは間違いでした。女の肌の描き方を会得しました」

うっとりとした弟の顔を、むう、と壱之介は見据える。それを、気にもせずに、吉次郎は口元を弛めた。

「いつかわたしも、太夫の絵姿を頼まれる絵師になりたいもの……そうしたら、吉原に呼ばれて、太夫も新造も……」

にやにやとして、布団の上に身を転がす。

壱之介は、初めて見る弟のにやけた顔に、思わず口をあんぐりと開いた。

吉次郎は兄に顔を向ける。

「よく遊女を身請けする話を聞きますけど、ようくわかりましたよ。惚れてしまったら、無理もない。まあ、絵師じゃ千二百両や八百両なんて出せないでしょうけど」

千二百両、と壱之介はつぶやいた。それは土山宗次郎のことに違いない。以前、重三郎から、売れっ子の誰袖《たがそで》を千二百両で身請けした、という話を聞いたことがあった。

しかし……。

「八百両というのもあったのか」

「ええ、そっちは御家人だそうですよ」

「御家人……馬鹿な、御家人にそのような金が払えるはずがない」

「いえ、本当に出したそうですよ。そら、大田南畝っていうお人ですよ、御徒組《おかちぐみ》の、狂歌で有名な。いやぁ、よっぽど惚れたんでしょうね。わたしだって、金さえあれば小桃を身請けしたいくらいだ」

「なんと」壱之介は身を乗り出した。

「その話、真か」

「ええ」吉次郎は笑顔で頷く。「なにしろ、小桃ときたら、えくぼが出て、かわいくて……」

「そこではない」壱之介は膝で寄って行く。

「大田南畝殿が、というところだ」

迫る勢いに、吉次郎は身を引く。

「ええ、わたしはそう聞きましたけど……」

「八百両とは、真か」

吉次郎は小さく首をひねる。

「真かと言われると……聞いた話ですから。けど、人に知られた話だそうですよ。四十近い歳なのに恋に溺れた、とかで」

南畝殿が……確かに、蔦屋殿は遊女を身請けしたと言っていたが、八百両などという大金を……。壱之介は息を呑み込んだ。が、すぐに、いや、と首を振った。江戸っ子はなんでも大げさに言い立てるものだ、きっと尾鰭《おひれ》がついたのだろう……。

吉次郎は、布団に仰向けになって腕を伸ばした。

「小桃は言ってましたよ。三保崎《みほさき》姐さんは、格別美人ってわけでもないのに、南畝先生に身請けされて、みんなで羨《うらや》んだんでありんすよ、って」

三保崎という名なのか……。壱之介はそれを胸にしまう。

吉次郎は右に左に身体を転がし、うふふ、と笑った。

「また行けるかなあ」

そうつぶやいて、目を閉じる。

壱之介はじっと考え込む。

やがて、吉次郎から寝息が洩れた。

「これ」壱之介は弟に手を伸ばした。

「布団に入らねば、風邪を引くぞ」

腕を叩かれた吉次郎は、ううん、と唸りながら、かいまきに潜り込む。

壱之介は腕を組むと、暗い天井を見上げた。

五

朝、徳兵衛長屋を出た壱之介は、番町《ばんちょう》への道を歩いていた。城の西側、番方の屋敷が多く集まっているため番町と呼ばれるようになった一角だ。壱之介の屋敷もそこにある。

「おはようございます」

そう声を上げて屋敷の玄関に上がると、すぐに母の多江《たえ》が出て来た。

「まあ、おかえりなさい。どうだったのですか、長屋での夜は」

はい、と廊下を歩きながら、母に笑顔を向ける。

「思いのほかうるさくもなく、よく眠れました。吉次郎などすっかり馴染んで、赤子の泣き声が聞こえてきても、目を覚まさないほどで」

「そう、吉次郎は元気でしたか」

「ええ、朝、顔を洗うと急いで師匠の家へと戻って行きましたよ。遅れると朝ご飯を食いっぱぐれる、と言って」

まあ、と母は笑う。

「安心しました」

「はい、ご心配なく。この先も、わたしは急に長屋に泊まることがあるかと思いますが、それもお気に留めずにいてください」

「わかりました。そなたは朝餉《あさげ》を食べるでしょう」

「いただきます。父上と話しがしたいので、そのあとで」

「ええ、では、あとでいらっしゃい」

母はにこやかに頷くと、廊下を戻って行った。

奥の部屋に行くと、開け放たれた障子の奥から、新右衛門がこちらを向いていた。

「戻ったな。声が聞こえていたわ」

「はい、お邪魔します」

部屋に入って向かい合うと、すぐに口を開いた。

「父上は、御徒組の大田南畝殿をご存じですか」

「うむ、知っているぞ。南畝は号で真の名は直次郎《なおじろう》というのだ。まあ、知っていると言うても、こちらがよく覚えているだけの話。先の上様が御上覧《ごじょうらん》になられた水泳で、大田殿はお褒めをいただき、時服《じふく》を拝領したのだ。それで名を覚えたのだ」

「水泳ですか」

「うむ、大田のお父上もお褒めをいただいたことがあるそうだ。ゆえに習ったのであろう」

「それは、意外ですね。大田南畝殿は文人とばかり……」

「いや、徒士《かち》は丈夫でなければ務まらぬからな、身体の鍛錬はしているはずだ」

徒士は将軍のお供として、徒歩で付き従う役だ。新番士は場合によっては騎馬《きば》が許されるが、徒士には許されていない。

「それと……」父は目を上に向けた。

「日光社参《にっこうしゃさん》の折だ」

「家治公が東照宮《とうしょうぐう》に参拝されたときですか」

「そうだ。あれは安永《あんえい》五年（一七七六）であった。大田殿も御徒士としてお供に加わっていて、わたしは途中の宿場で、言葉を交わしたことがあった。命《めい》を伝えたついでに、天気のことなどを話しただけだが」

新番士は将軍の側につくが、身分の低い御徒組は、その前後左右を取り囲むように、歩くのが常だ。

「そうでしたか」

壱之介は南畝の姿を思い出していた。御家人らしく、質素な身なりだった。

「あの、御徒組の禄はどのくらいなのでしょう」

「七十俵《ぴょう》五人扶持《ぶち》と聞いている。立ちゆかずに内職をしている者がほとんどとも聞いた」

壱之介は畳を見つめた。七十俵か……。そう口中で独りごちる。

旗本である新番士の禄高は、二百五十俵だ。父の新右衛門は近年、組頭に出世したため五十俵加増されていた。

父はじっと息子を見る。

「それもお役目のうちか」

あ、と壱之介は顔を上げた。

「はあ、その……」

「いや、よい」父は首を振った。

「密命だ、言わずともかまわぬ。されど、訊きたいことがあれば、遠慮はいらぬぞ。まあ、役に立つかどうかはわからぬがな」

父はゆっくりと立ち上がった。

「さ、朝餉に参ろう。よい匂いが漂ってきた」

「はい」

壱之介も父に従って、廊下へと出た。


番町の坂を下って、壱之介は町に入った。

上野《うえの》にほど近い下谷《したや》へと行く。

武家屋敷の並ぶ道を進むと、その先に御徒組の組屋敷が見えてきた。

板塀で囲まれており、簡素な木戸門が見える。門の戸は開いていた。そこを出仕と思《おぼ》しき徒士が早足で出て行く。将軍の外出がないときには、城の警護などについている徒士も多い。

壱之介は、門へとゆっくりと近づいた。門番が立っている。その門番に、中から出て来た男が話しかけた。二人で向かい合っているその横を、壱之介はするりと通り抜けた。そのまま何食わぬ顔で、中へと進んだ。

簡素な戸口の屋敷が並んでいる。御家人の屋敷には玄関を造ることが許されていないため、出入り口は町家と大して変わらない戸口だ。が、屋敷の周囲には庭がある。

その庭に、壱之介は目を向けた。傘が並んでいる。油紙を貼り終えた傘が干されているらしい。傘張りは御家人がよくやる内職の一つだ。

庭を歩きながら、壱之介は目をそっと配る。

庭に多くの植木鉢が並んでいる。草花や盆栽が、そこに植えられていた。植木を育てて売るのも、御家人の内職だ。

その先の縁側では、男が筆を作っていた。非番の徒士らしい。筆作りもまた、よく行われている内職の一つだ。

男がふと顔を上げて、目が合った。

訝しそうな面持ちに変わったのを見て、壱之介は足早にその場を去った。

庭を進むと、裏門に行き当たり、壱之介はそこからそっと外に出た。

黄昏《たそがれ》の道を、壱之介は蔦屋へと向かった。

すでに店は片付けが始まっていた。

それを差配していた重三郎が壱之介に気づき、おう、と口元を弛めた。

「来なすったな」

「はい、少し、お話しさせていただいてもよろしいですか」

「いいよ、上がんな」

くいと顎を上げる重三郎に頷いて、壱之介は座敷へと上がった。

奥の部屋に行くと、重三郎はしなやかに胡座をかいた。

向き合った壱之介の顔を、上目で見る。

「で、知りたいことってのは、なんなんだい」

言いながら、眼鏡を外し、鼻を手で揉んだ。眼鏡を横に置くと、改まって壱之介を見据えた。

なにから、訊こうか……。壱之介は考え続けていた。訊きたいことはたくさんある。

重三郎はふっと息を吐いた。

「吉次郎から聞いたが、兄さんは新番士の見習いだそうだな」

「あ、はい」

拳を握る壱之介に、ふうん、と重三郎は小さく首を傾けた。

「新番士がなんで町にいるのか……まあ、そのへんはいいや。あたしは吉次郎を気に入ってるんだ。絵のほうはまだ先がわからないが、邪気のないのがいい。いずれ、うちの仕事を頼めるようになるだろう」

身体ごと傾けて、重三郎は壱之介を見据える。

「兄さんの連れて来た秋川兄妹もいい。田沼家の家臣だったってえのも気に入った。あたしは田沼様を大したお方だと思っているからね。商いを盛んにしてくださったおかげで、書肆も力を得たんだ。絵や書物をこれほど出すことができるようになるとは、昔は思っちゃいなかった。ありがたい話だ。兄さんもそう思うから、秋川の兄妹の面倒を見ているんだろう」

壱之介は拳を握り、息を吸い込んだ。

「真のことを言えば、田沼様にはお目通りをしたこともなく、良いも悪いも、わたしごとき、判じることはできていませんでした。が、秋川兄妹からいろいろと話を聞き、今では、同じように思うています」

壱之介は胸の内で、家斉の話も思い出していた。田沼意次のことも息子の意知《おきとも》のことも、家斉は認めていたことが、話しぶりから伝わってきていた。が、それは呑み込んだ。

重三郎は頷く。

「そうかい。なら、安心だ。あたしは今の老中首座、松平越中守はどうにも信用してなくてね。あのお人が、田沼意知を殺させたと思っている。油断のならないお人だ。兄さんが、そっちの命令で動いているとなると、迂闊《うかつ》に口を開けないんだがね」

壱之介はすっと背筋を伸ばした。

「違います」

いっそ将軍の命だ、と言ってしまおうか、と胸中が揺れる。将軍は松平定信を嫌っている、とも……。喉が震えるが、壱之介はそれをぐっと抑え込んだ。

ふうん、と重三郎は身を起こした。

「で、なにを知りたいんだい」

少し和らいだ面持ちに、壱之介も肩の力を抜いた。

「はい。大田南畝殿が吉原の遊女を身請けしたというお話を以前、されましたよね。それは、三保崎という娘のことですか」

「そうとも。さほどの売れっ妓《こ》ってぇわけじゃなかったんだが、南畝先生に身請けされたことで名が知られたのさ」

重三郎は顔を上に向け、声を漏らした。

「我恋は天水桶《てんすいおけ》の水なれや、屋根より高きうき名にぞ立つ」

え、と首を伸ばす壱之介に、重三郎はにっと笑った。

「南畝先生の狂歌さ。三保崎に夢中になったのが噂で広まったのを、自ら狂歌にしたってわけだ」

なるほど、と壱之介は声を低めた。

「その身請けに、八百両を払った、というのは真なのでしょうか」

ああ、と重三郎は眉を動かす。

「その額が本当かどうか、確かめちゃいないからなんとも言えないな。あたしは他人《ひと》の色恋と金子《きんす》のやりとりには、深入りしないことにしているんでね。版元の仕事だけで手一杯だ」

「では」壱之介は身を乗り出した。

「南畝殿は本をたくさん出しておられますが、八百両というのはそれで賄える額なのでしょうか。本を書くと大金を稼げるのですか」

そいつぁ、と重三郎は苦く笑う。

「ぶっちゃけ、本を一冊出しても、大した払いにはなりゃしない。それについちゃ、もっと書き手に払うべきだと思っててね、今、ほかの書肆とも話を進めているところなんだが」

「では、八百両にはほど遠い、と」

壱之介の問いに、重三郎は頷いた。

「だから」壱之介は、以前に重三郎が漏らした話を思い出していた。

「土山宗次郎から出たのではないか、と噂が立ったのですね」

重三郎がまた頷く。

「そういうこった。兄さん、南畝先生を探っているのかい。なら、話はこれで終わりだ。うちにとっては、大事な先生だからね」

「いえ」壱之介が首を振る。

「そうではなく……」

声をくぐもらせる壱之介に、重三郎も声を低めた。

「土山様のほうか……」

顔を背《そむ》けると、重三郎はほっと息を吐いた。

「土山様が調べられるのはしかたあるまい。南畝先生も親しくしていたから、手が及んでいるのもわかっちゃいる。だが、詳しいことはあたしも知らない」

重三郎は首を振って、顔を上げた。

「金の出所《でどころ》は、いっそ南畝先生に聞いちゃどうだい。南畝先生が巻き込まれずにすむならば、あたしもうれしいんだがね」

「ご当人に、ですか」壱之介はそっと唾を呑んだ。

「いや、そうですね。そうします」

もしかしたら、と腹の底で思っていた。もし、土山宗次郎が金を融通したほどのつき合いならば、南畝殿は居所を知っているかもしれない……。

壱之介は改まって頭を下げた。

「では、下谷の組屋敷を訪ねてみます」

「いや」重三郎が声を高くした。

「南畝先生は下谷じゃない。牛込《うしごめ》だ」

えっ、と目を見開く壱之介に、重三郎は西の方向を指差した。

「御徒組の組屋敷は牛込にもあるんだ。南畝先生はそっちのほうだよ」

壱之介は指の差すほうを見る。

重三郎はその指を揺らした。

「木戸門を入ってすぐの、東南の角だ」

「そうですか。ありがとうございます」

壱之介はかしこまって、もう一度、礼をした。

第二章　政変

一

番町の屋敷を出て、壱之介は西へと向かった。

牛込御門を抜けて、外濠《そとぼり》を渡る。その辺りが牛込の地だ。

大小さまざまな武家屋敷が並び、組屋敷も多い。その合間に町人が暮らす町もある。

すでに切絵図《きりえず》で確かめていたため、壱之介は迷うことなく、御徒組の組屋敷へと進んだ。

組屋敷の木戸門が見えてきた。閉まっており、門番の姿はない。

よし、と壱之介は門へと向かった。

人の出入りが多い朝を避けて、昼にやって来た狙いが当たった、と息を吸い込む。

戸は、押せば開いた。

下谷の組屋敷と同じように、簡素な家が並んでいる。

壱之介は東南へと進んだ。

角の家の前に立ち、戸口を見つめて耳を澄ませた。人の声は聞こえてこない。

不在だろうか……。そう思いながらも壱之介は口を開いた。

「ごめんくだされ」

内側から人の気配が伝わってくる。

戸がそっと開き、女人《にょにん》が顔を覗かせた。

「どちらさまでしょう」

壱之介は礼をして、大声を上げた。

「南畝先生には、先日、蔦屋でお目にかかりまして……」

女人の背後に足音が立った。

南畝の姿が現れた。

「よい」

土間に下りると、南畝は女人を横へと押しのけて、出て来た。

向かい合うと、南畝は頷いた。

「あの折の……」

「はい」壱之介は腰を折った。

「突然に申し訳ありません。蔦屋さんにこちらを伺って参りました。少々、お尋ねしたきことがありまして」

南畝は土間を振り返って、佇む女人に言った。

「出かけてくる」戸を閉めると、南畝は歩き出す。

「外へ参りましょう」

顎をしゃくって木戸門へと進む南畝に、壱之介も続いた。

組屋敷を出ると、町へと歩き出した。

壱之介はそっと横顔を伺った。

「先ほどの方は御新造様でしたか、失礼を」

「なに、かまいません」

つかつかと歩いて、町の中へと入って行く。

路地に入ると、小さな家の戸に手をかけた。

「お賤《しず》、わたしだ」

戸を開けて入りながら、南畝は壱之介を振り返った。

「どうぞ」

はい、壱之介は土間に入る。

「まあ、お越しなさいませ」

女が慌てて出て来て、上がり框に手をついた。

南畝が「茶を頼む」と言うと、女はすぐに奥へと行った。

上に上がり、襖を開けた南畝が壱之介を中へと誘う。

「すまぬな、このようなしもた屋で」

いえ、と壱之介は正座をした。

そこに先ほどのお賤が茶を運んで来た。

「どうぞ」

白く細い手が茶碗を置き、横に干菓子《ひがし》の載った小皿も添える。さらに、急須《きゅうす》の載った盆を、南畝の横に置いた。

「お茶は中にいっぱいにしてあります」

見上げた顔は色白で丸い。

「うむ、あとはやる」

「では」お賤は微笑んで小さなえくぼを見せると、会釈をした。

「あたしは買い物に出て参ります」

「うむ、湯屋にでも行っておいで」

南畝はお賤に頷いた。

はい、とお賤は出て行く。

壱之介はその後ろ姿を見送って、そっとささやいた。

「三保崎、さんですか」

「さよう」南畝は茶碗を手に取る。

「今はお賤だ。賤の女《め》の賤、だ」

なるほど、と壱之介は口を閉じた。そうか、御新造様を憚ってのことだな……。

「して」南畝は茶碗を置いた。

「改めての用とは……そこもとのお役目を伺ってもよろしかろうか」

あ、と壱之介は背筋を伸ばした。この期《ご》に及んで隠すわけにはいくまい、もとより幕臣であれば、名を調べれば役もわかること……。そう考え、息を吸い込んだ。

「新番士、の見習いです。今は、町にて……探索の役目についております」

「探索」南畝は眉を寄せる。

「では、調べのために参られた、というわけですかな」

南畝はふっと苦笑した。

「すでに以前より御目付に見張られ、なにかと調べられておりますが。それは、ご存じでしたな」

「はい」

頷く壱之介を、南畝は上目で見た。

「最近は老中首座様が隠密を使っている、という噂ですが、そちらですかな」

「違います」壱之介はきっぱりと首を振った。

「確かに城中にてのご下命ですが、松平様からではありません」

ふうん、と南畝は首をかしげた。

「わたしは」壱之介は顔を上げた。

「大田南畝先生を探っているのではありません。土山宗次郎殿のことを調べているのです」

ああ、と南畝は歪んだ笑いを見せた。

「そういうことですか」

壱之介は頷く。

「南畝先生はお賤さんを八百両で身請けなさったと聞き及びました。失礼ながら、本を出すだけで稼げる額ではない、と確かめました。土山宗次郎殿は、ご自身も千二百両で遊女の身請けをなさったそうで……」

「ああ」南畝は首を振った。

「だから、わたしの金は土山様から出たのではないか、と。そういう疑いですか」

壱之介は黙って頷く。

南畝は横を向いた。

「違いますな。そりゃ、わたしの稼ぎは大したもんじゃない、しかし、狂歌の仲間やつき合いのあるお人らが融通してくれましてね、なんとかなったんですよ」

横を向いたまま、うんうんと頷く。

壱之介はその横顔をじっと見た。眼《まなこ》が動いている。嘘を言っているな……。そう思いつつ、神妙に頷いた。

「そうでしたか。たとえば、どのようなお方が」

む、と南畝の顔がこちらに向き、苦笑を浮かべた。

「いやいや相手のことなど、申せませんな。考えればわかるでしょう、よそ様の懐具合のことですぞ。他人に話していいことではない」

強い語気に、壱之介は思わず身を引いた。

「それは、そうですね」

「が、まあ」南畝は歪んだ笑みを深めた。

「それでは納得なさいますまい。金を都合してくれた一人は、お仙《せん》という芸者です。ぽんと二十両、貸してくれました」

「芸者……」

「さよう、柳橋《やなぎばし》の漢詩芸者で、土山様が贔屓《ひいき》にしておられた女《おなご》です」

「かんし……」

眉を寄せてつぶやく壱之介に、ああ、と南畝は笑みを浮かべた。

「そう呼んでるだけです。唐《とう》などの漢詩を解する女で、才があって面白い。土山様もよくお屋敷に招いていたほどです」

「ああ、漢詩ですか。へえ、そのような芸者もいるのですね」

感心して目を見開く壱之介に、南畝は顎を上げた。

「話せるのはこれくらいのことです。不二倉様と申されましたな、あなたさまはさしずめ、土山様の居所を知りたいのでしょうが」

壱之介は口をきっと結び、目で頷いた。

それに対し、南畝は左右にきっぱりと首を振った。

「わたしは知りません」

まっすぐな眼差しで見返してくる。

壱之介は、ぐっと息を呑んだ。今度は嘘のない眼だ。

「わかりました。邪魔をいたし、ご無礼しました」

壱之介は深く礼をすると、腰を上げた。

南畝はほっとしたように小さく息を吐き、壱之介に頷いた。


お賤の家を出て、歩き始めた壱之介は、ふと、後ろを振り返った。

人の気配を感じたからだ。

町中の道は行き交う人々で、見通しがよくない。

気のせいか、と歩き出して、壱之介は辻を曲がった。が、曲がりながら、目を横に向けた。

あ、と口を開きそうになった。

人混みのなかに見つけたのは、見覚えのある姿だった。

あの男……。壱之介は、脳裏に小伝馬町の道を甦らせた。

大田南畝のあとを尾けていた武士に間違いない。

あの家が見張られていたのか……。そう思いつつも、壱之介は気づかぬふうを装って、先に進んだ。

背後の辻のようすを、小さく振り返る。

武士はやはり辻を曲がっていた。

さて、どうする、と壱之介は独りごちた。尾けられたまま屋敷に帰るわけにはいかない。ましてや、長屋には戻れない。

撒こう、と決めて、壱之介は足を進めた。

町の細い道に入って行く。

周辺は小さな町が入り組んでいる。

撒いてしまえば、逃げられる、と壱之介は己に頷いた。

路地を曲がって、壱之介は走り出した。

小さな辻を曲がって、さらに走る。

振り向くと、男の姿はなかった。

よし、と壱之介は前を見た。表通りが見えてきている。

その手前で、あっ、と壱之介は息を呑んだ。

表通りに、男の姿が現れた。足を止めると、行く手を塞ぐように立ちはだかった。

慌てて足を止める壱之介を見据えて、男は路地に入って来た。

路地の中で踵を返そうとした壱之介の横に、男は脇差しを鞘ごと抜いて差し出した。

身を翻そうとした動きを止められ、壱之介はくっと息を詰めた。

ふっ、と男が顔を歪めて間近に寄って来る。

「わたしを撒こうなぞ、十年早い」

壱之介は唾を呑み込んだ。

「御目付、か」

そう問うと、男は片目を歪めて、ふんと鼻から息を漏らした。

「徒目付《かちめつけ》だ」

そう言う男の顔が眼前に迫ってくる。

「そなたは何者だ」

壱之介は小さく顔を逸《そ》らした。

「隠密、のようなものだ」

「ほう」と男はじろりと眼を動かす。

「だが、御庭番《おにわばん》ではないな。知らぬ顔だ」

徒目付はすっと脇差しを抜いた。

「どこの者だ、誰の命を受けている」

壱之介は口元を歪めた。

「はみ出し者の小者《こもの》だ。気にするほどの者ではない」

「ほう」徒目付は脇差しの切っ先を壱之介に向ける。

「言わぬ気か。若造のくせに肝《きも》が太いな」

壱之介はにっと口元で笑った。

「そこもとも若く見ゆるが」

二十歳そこそこだろう、と壱之介は腹の底で思う。さほどの違いではない……。

ふん、と徒目付は刃の切っ先を喉元に向けてきた。

「舐《な》めた口を利きよるわ。よいか、我らの邪魔になれば斬る。身分も名乗れぬなら、端《はした》の者であろう」

壱之介は、開き直って目で頷いた。

徒目付は脇差しを回すと、柄頭《つかがしら》で壱之介の喉元を突いた。

「よいか、身の程を弁《わきま》えるのだぞ」

喉を突かれた壱之介が咳き込む。

それを鼻で笑うと、徒目付は脇差しを収め、踵を返した。

咳き込む壱之介に一瞥《いちべつ》をくれて、表に出て行く。

壱之介は喉を押さえながら、男の背中を見つめた。

徒目付か……。胸の奥で独りごちた。

旗本や御家人の監察を行う目付は、旗本が就くことになっている。その配下に、御家人の徒目付やさらに格下の小人《こびと》目付がついて、探索などを行う。

御家人には御家人、ということか……。壱之介も表に出ると、男の行ったほうを見た。その姿は、すでに消えていた。

二

朝餉の膳で箸を動かしながら、壱之介は父新右衛門の顔をそっと見た。

鯵《あじ》の干物を器用にほぐし、口に運んでいる。

頬を動かしながら、父はちらりと目を向けた。

「なんだ」

問いかける眼に、壱之介は思わず母を見た。

母は、小首をかしげて、夫と息子を見た。

「いえ」と壱之介は首を振った。

「なんでもありません」

父も母も、膳に顔を戻す。

壱之介は沢庵《たくわん》を囓《かじ》りながら、そっと父を窺った。

元服の折に言われた言葉を思い出す。

〈よいか、女を買ってはいかん。わたしは以前、ある医者から聞いたのだ。そのお人は若い頃に、杉田玄白《すぎたげんぱく》先生に教えを受けたことがあるという方でな、こう言ったのだ。玄白先生は、来る患者が瘡病《かさや》み（梅毒《ばいどく》）ばかりで辟易《へきえき》する、としょっちゅうこぼしておられた、と。ひどいと鼻が崩れてから来るので、手の打ちようがないそうだ。上様のお側近くに仕える者が、そのような有様になることは許されぬ。よいか、軽挙は慎むのだぞ〉

父の険しい面持ちは、瞼に焼き付いていた。

壱之介は、それを思い出しながら、そそくさと朝餉をすませた。

廊下に出た壱之介を、父が追って来た。

「どうした」父が横から覗き込む。

「なにか、気がかりでもあるか」

壱之介はそっと小声で返した。

「父上は、芸者を上げたことなどありませんよね」

父はいっとき目を丸くし、すぐに失笑を漏らした。

「なにかと思えば、そんなことか」小さく振り返って、息子の背を押す。

「確かに、母上に聞かれたい話ではないな」

自室へと誘う。

座敷で向かい合うと、父は一つ咳を払った。

「して、なにゆえにそのようなことを」

「実は……」これは話してもかまうまい、と思う。

「大田南畝殿と対面して……」そのやりとりを話す。

「その芸者は、土山宗次郎が屋敷にも呼んでいたそうです。南畝殿は土山宗次郎からは金を受け取っていない、と言っていましたが、ようすからしておそらく嘘……かばい立てしているのでしょう。で、柳橋の芸者からは二十両借りたと言ったのですが、それは真のようでした。なので、それを確かめたいと思うのです。それに、芸者であれば、いろいろと話すのではないか、と……」

「ふうむ」と、父は腕を組んだ。

「確かに、武家であれば罪に巻き込まれる恐れもあるが、町人、ましてや芸者となれば、口も軽いかもしれぬ。行ってみるか、柳橋に」

「えっ」

驚く息子に、父は目で笑った。

「自ら芸者を上げたことはないが、そのような宴に招かれたことはある」

「そうなのですか」

「ふむ、長くお城勤めをしていれば、そのようなつき合いも出てくるものだ」

父は立ち上がった。

「今日はこれから出仕ゆえ、夕刻、柳橋で落ち合おう」

「はい」

壱之介も勢いよく立ち上がった。


川幅の狭い神田川の岸辺に、料理茶屋が並んでいる。

そのうちの一軒、端に建つ料理茶屋の二階の窓からは、大川《おおかわ》（隅田川《すみだがわ》）が見えた。

大川に流れ込む神田川の河口に架かるのが柳橋だ。

新右衛門は窓から身を乗り出して、大川を眺めている。目を細める父のようすを、壱之介は意外な心地で見つめていた。

そこに襖越しに声がかかった。

「お邪魔します」

父は慌てて窓から離れる。

座敷で向かい合った父と息子に、店の手代が手を擦り合わせた。

「芸者のお仙ですが、ただいま、よそのお座敷に出ておりまして、もう少々、お待ちくださいまし。なんなら、別の芸者を呼びますが」

「いや、待つゆえかまわぬ。別の芸者もいらぬ」

新右衛門は鷹揚《おうよう》に笑みを見せた。

「はあ、さいでございますか。では、娘はいかがしましょう」

娘、と壱之介はつぶやいて、あ、と思った。遊女のことか……。

「いや、それも呼ばずともよい。酒と膳を頼む」

父の言葉に、手代は手を揉んだ。

「はい、そちらはすぐに」

出て行く手代を見送って、父は、にっと片目を細めて見せた。

「これでよかろう」

はい、と壱之介は頷く。

「助かりました、わたし一人ではどうすればよいかわかりませんでした」

「いや、わたしとて、さほどのことは知らぬ。まあ、そなたのお役目でなければ、幇間《たいこもち》でも呼びたいところだがな」

「幇間ですか」

「うむ、前に一度、芸を見たのだ。面白かった」

父は笑顔を抑えつつ、壱之介に横目を向けた。

「いや、わたしとて、このような場が嫌いというわけではない」

へえ、と壱之介は、父の意外な言葉に目を見開いた。

「そうでしたか」

父と息子は目を交わして小さく笑った。

そこに膳が運ばれてきて、二人の前に置かれた。

杯を手にしながら、壱之介は父をそっと見た。

「そういえば、吉次郎は吉原に上がったそうです」

ほう、と父は上目になった。

「そうか、まあ、絵師の修業となればそういうこともあろう。ちと早い気もするが」

目で笑う。

その目を動かした。

階段を上がってくる足音が響いたからだ。

「ごめんくださいまし」襖が開いた。

「お待たせしました」

三味線を手に、芸者が入って来る。

「おう、待っていたぞ」父が頷く。

「そなたが評判のお仙か」

「あら」お仙が親子に笑みを向ける。

「評判だなんて、それほどのもんじゃござんせん」

「いやいや」新右衛門は笑顔を返した。

「漢詩を解する才女だと聞いておる。土山様が大層感心しておられた」

おや、土山様のことは知らないはず、と壱之介は父を見た。が、そうか、と納得した。方便だな……。

あら、とお仙は真顔になった。その眼差しでちらりと新右衛門の目を見る。が、すぐに笑顔になった。

「御武家様は土山様とお知り合いでござんしたか」

「うむ、まあ。会えなくなって、残念に思うているのだ」

「本当に」お仙が肩をすくめる。

「狂歌の皆さんも吉原の方々も、深川のお人らだって、みんな残念に思ってらっしゃることでしょう」

「ほう」壱之介は思い切って口を開いた。

「江戸中で慕われていた、ということか」

「ええ、そりゃあ」お仙は微笑む。

「あれほど豪気《ごうき》なお人はそうそういらっしゃいませんもの。あたしらみたいなもんにまで、気持ちよく振る舞ってくださって」

「お仙殿は」壱之介は笑みを作った。

「土山様のお屋敷にもよく招かれていたと聞いているが」

「ええ。南畝先生のお家も近かったので、よく呼ばれました」

「ほう」父が顔を向ける。

「その屋敷、今はいかがなっているのであろう」

「さあ」お仙は顔を傾けた。

「お役御免となってすぐに引き払ったとか……見ちゃいませんけどね」

「では」壱之介は勢いがつきそうになった声を、ぐっと抑えた。

「家移りが大変であったろうな。家のお人らも、いきなりのことであっただろうに」

「ああ」お仙は首を縮めた。

「けど、離縁なさったみたいですよ。奥様はお子を連れてご実家に戻られたような噂を聞きましたけど」

ほう、と新右衛門は眉を寄せる。

なるほど、と壱之介も顔を歪めた。罪に問われれば、一家にも及びかねないゆえ、手を打ったのか……。考えつつ、はっと顔を上げた。

「では、身請けしたという誰袖という女人は……」

お仙は柳眉《りゅうび》を歪めた。

「ああ、それは……切のうござんすねえ。土山様は、まさに、虞《ぐ》や虞や、若《なんじ》をいかんせん、というお心持ちでしたでしょうねえ」

「ぐ？」

眉を寄せる壱之介に、父が頷いた。

「項羽《こうう》の嘆きだ」お仙を見る。

「真、漢籍《かんせき》に通じているのだな」

「いえ、この話が好きなものですから」お仙は壱之介を見た。

「楚《そ》の国の武将項羽は、妻の虞美人《ぐびじん》をそれは深く寵愛してたんですよ。けれど、敵に囲まれて四面楚歌《しめんそか》となって、自らの死を覚悟なすったんです」

「うむ」新右衛門が頷く。

「その際に、虞美人をどうすればよいのか、と嘆いたとされる詩だ。司馬遷《しばせん》の『史《し》記《き》』に書かれている」

「はい」お仙が眉を歪める。

「身を捩《よじ》るような悲しみと嘆きが、じぃんとこちらの胸に伝わってくるじゃござんせんか」

お仙は胸に手を当てる。

「いやぁ」壱之介は顔を伏せた。

「わたしは『史記』は未だ読んでおらず……」

壱之介はそっとお仙を見つめた。媚《こび》のない凛《りん》とした面持ちだ。

「けれども」お仙はその冴えた顔を上げた。

「土山様は、誰袖さんにそれなりの物を渡して、自由の身になさったみたいですよ。

まあ、聞いた話でござんすけど」

「ほう」新右衛門はお仙の顔をまっすぐに見つめた。

「どなたに聞いたのかな」

お仙は動じることなく、微笑んだ。

「いろいろなお方に、ですよ。狂歌のお仲間や文人、役者まで、土山様はおつき合いが広うござんしたから」

壱之介は、目は笑っていないお仙の顔を見た。

「さほどに情が深ければ、土山様はひそかに誰袖に会《お》うているやもしれぬな」

あら、とお仙は肩を上げた。

「そんなに迂闊なお方じゃござんせんでしょう。誰袖さんだって、才長けたお人ですし。あたしも一緒に狂歌を詠んだり、詩を作ったりしたことがありますけれど、土山様はその才気に惚れたんだと思いますよ。南畝先生だって、三保崎さんに夢中になったのは、気が利いて賢いからだと思いますよ」

お仙は目で微笑んだ。

「才のあるお人は、才ある女人に惚れるのでございましょう。恋といっても奥の深いものだと、あたしは皆さんを見て、思いましたねえ」

ふふっと笑う。

「あ、いまひとつ」壱之介はお仙を見た。

「尋ねたいことが……南畝先生はお仙どのが二十両を貸してくれた、と言われたが、それは真か」

「ええ」お仙は顔を上げる。

「真でござんす。南畝先生の恋を聞いたもので、少しだけ、都合をつけました。最後の恋だと仰せだったんで、手助けしたくなったんですよ。恋の成就を手伝うなんざ、こっちも気持ちがいいじゃござんせんか」

お仙は怖《お》じけることなく、胸を張った。

「なるほど」壱之介は頷いた。

「得心いたした」

言いながら、壱之介は腹の底で、つぶやいた。無礼、であったな……女だ芸者だと、見下したのはとんだ心得違いであった……。

お仙はそれを見透かしたかのように、背筋を伸ばし、手をついた。

「お役目ご苦労様でございます」

え、と父と息子は目を交わす。

お仙は身を起こすと、二人を見た。

「御目付様もおいでになりました」お仙は口元で微笑む。「御配下の方もお見えになりましたけど、皆様、眼が鋭くておいでで……ですが、お二方は、また別のお役目のようですね」

にっこりと笑う。

「土山様の居所を探しておられるのでしょうけれど、あたしにはお答えできるようなことはなにひとつ、ござんせん」

父と息子は、失笑のように顔を歪めて、互いを見た。

「そうか」

新右衛門が溜息を吐《つ》くと、お仙は横の三味線を手に取った。

「申し訳ござんせんが、このあともお呼びがかかっているので、行かなけりゃなりません。最後に一曲、弾きますから、どうぞ、御膳を召し上がってくださんせ」

お仙は御膳を手で示す。

「ここの料理はおいしゅうございますよ」

微笑みながら、撥《ばち》で糸を弾く。低い音が、響き渡った。

もうこれ以上は、一切、話さない、と言いたげな強い音だ。

そうか、と壱之介は胸の奥でつぶやいた。こういう女人ゆえ、南畝殿はあえてわたしに名を告げたのだな……。

父と息子は、目を交わす。目顔で小さく頷きながら、二人は箸を手に取った。

三

徳兵衛長屋の戸締まりをしていた壱之介に、後ろから声がかかった。

「壱殿」

振り返ると、声の主は秋川友之進だった。普段の着流しではなく、袴を着けている。

「おう、友之進殿、お出かけでしたか」

うむ、と友之進は近づいて来た。

「田沼様のお屋敷に行っていたのだ」

「田沼様の……確か木挽町《こびきちょう》でしたか」

田沼意次は昨年、老中を辞したのを機に大名小路《だいみょうこうじ》にある役宅を召し上げられ、木挽町の下屋敷に移っていた。

壱之介は閉めた戸を開けると、

「どうぞ、中へ」

と、招き入れた。

では、と友之進は上がり込み、胡座をかいて天井を仰いだ。

「残されていた三万七千石も相良《さがら》の御領地も召し上げられ、お屋敷は未だ落ち着いておらぬ。すでに去った者も多かったが、文物の片付けなど終わっておらぬゆえ、残っている方々もおられた」

「そうですか」壱之介は眉を寄せた。

「しかし、孫の龍助《りゅうのすけ》様が、家督相続を許されたのですよね。確か、奥州下村《おうしゅうしもむら》に移封になったとかで」

そのことは父から聞いていた。

ああ、と友之進は顔を戻す。

「一万石で、一応、御家は続くことになった。移封先に移る家臣もおられるゆえ、それはそれで忙《せわ》しないふうであった」

「奥州とは、遠方で大変ですね」

「うむ、しかし、御家断絶にならずにすんだのは、よし、とせねばなるまい。老中首座様は改易《かいえき》を目論《もくろ》んでいたようだ、と聞いた」

え、と壱之介は顔を歪めた。

「そうなのですか」

言いつつ、腹の奥で思う。いや、松平定信侯であれば、そのくらいしてもおかしくはない……。

「そうらしい」友之進も顔を歪める。

「だが、城中にはまだ田沼様についておられた大名方がいて、反対されたようだ。家重公、家治公の二代の将軍に仕え、御政道を担ってきたお方を改易しては、公儀の立場も危うくなる、と声を上げたともいう。そう言われれば、さすがの松平様も押し切ることはできなかったようだ。それに、公方様も改易をお許しにはならなかった、という噂で……」

ふうむ、と壱之介は家斉の顔を思い出していた。

「上……いえ、公方様も、御側御用人であった田沼意致《おきむね》様をずいぶんと信頼なさっておられた……と、聞いたことがあります」

「おう、そうでしょう」友之進はやっと面持ちを弛めた。

「意致様は殿に会われるため、お屋敷にもたびたびお見えになりましたが、我ら家臣にも心配りをしてくださるお方でしたから」

壱之介は胸の内で頷く。

意致は家斉が西の丸にいた頃から、常に側についていた。家斉の意を汲み、時には先取りし、主君に不自由をさせないように、心遣いが細やかだった。近くでそのようすを見ていた壱之介らにも、意致は気遣いを忘れなかった。

そのことを口に出したくなる思いを、壱之介は喉で抑え込んだ。友之進には本当の身分と、ましてや将軍から密命を受けていることは内緒だ。

壱之介は声を低める。

「田沼様はご息災《そくさい》なのですか」

友之進は小さく首を振った。

「伏せっておられることが多い、と。そもそも、意知様が斬り殺されたときに、お痩せになり、一気にお年を召されたようになって……」

壱之介はその言葉に、黙って頷く。

跡継ぎであった意知が城中で斬られて命を落としたあと、廊下を歩く田沼意次を見かけたことがあった。それまでと違って肩が落ち、足取りが重くなっていた姿を思い出す。

「さらに」友之進は溜息を吐く。

「永蟄居を命じられたあとは、日々、弱られているらしく……わたしは辞したために、そのごようすを窺うことはできませんが」

重く落ちる息に、壱之介は言葉を探す。同時に、城中で見かけた松平定信の姿が甦ってきた。さぞかし、晴れ晴れとした思いであろうな……。

「壱殿」友之進が顔を上げた。

「どうだ、酒を飲まぬか」

飲まねばやってられぬ、という顔だ。

壱之介は頷きかけて、いや、とそれを止めた。

「そうしたいところですが、明日、ちと用事が……」

明日は二十四日だ、と胸の内で思う。

「そうか」

肩を落とす友之進に、壱之介は笑みを向けた。

「また改めて、飲みましょう。わたしは布団を買ったので、いつでもここに泊まれますから」

ほう、と友之進は部屋の片隅に立てかけられている屏風《びょうぶ》を見た。その向こうに、布団が積んである。

「では、ということで。すまぬな、戸を閉めたところであったのに」

立つ友之進に、壱之介も続く。

「いえ、近々、やりましょう」

目を見交わして、頷き合った。


十月二十四日。

上野の山を行列が上った。

寛永寺《かんえいじ》に向かう将軍家斉の一行だ。

二十四日は先の将軍家治の世継ぎであった家基《いえもと》の命日だ。祥月《しょうつき》命日は二月二十四日だが、家斉は月命日にも欠かさず墓参をする。

それは家基亡きあと、世継ぎの座を継いでから、ずっと続いている儀礼だ。

壱之介は横を歩く家斉の姿を見る。

寛永寺の境内には、神君家康公《しんくんいえやすこう》を祀る東照宮があり、奥には何代かの将軍や御台所《みだいどころ》などの霊廟《れいびょう》もある。そして、家基もここに祀られている。

徳川家の御廟があるため、上野の山は全体が寛永寺の境内となっており、聖地とされてきた。ために、将軍といえども下馬《げば》することが決められており、山裾《やますそ》の黒門の手前で乗り物を降り、歩いて上るのが常だ。

壱之介は警護のため、周囲に目を配る。

その目をそっと前方や左右の人々にも向けた。

城を出る際に、大田南畝の姿を見かけていたからだ。いつものように御徒組も行列に加わっていた。

が、南畝の姿は見当たらない。

後ろにいるのか……。そう思いながら、壱之介はゆっくりと行列の足を進めていた。

本堂の根本中堂《こんぽんちゅうどう》を参拝し、奥の霊廟へと一行は向かった。

塀で囲まれた霊廟の奥へと家斉は入って行く。

供をしてきた家臣のほとんどは、その外で待つのが倣《なら》いだ。

整然と並んでいた壱之介だが、そっと首を巡らせた。

横のほうに、御徒組の人々も待機している。

壱之介は横にいる新番士に声をかけた。

「厠《かわや》に行ってきます」

半日仕事であるため、待機のあいだに厠に行くことは許されている。

新番士の列を離れ、御徒組の側に行く。

見渡すと、大田南畝の姿が見つかった。

やはり、加わっておいでであったか……。壱之介はじっと見つめる。

と、南畝の顔が動き、こちらを見た。

壱之介は小さく会釈をした。

南畝はそれには応えずに、顔を逸らした。

まずかったか、と壱之介は、すぐにその場を離れた。

木立の近くにある厠に向かう。

用を済ませて、壱之介は空を見上げた。

高くなった青空に雲が流れていく。

横を人が通り過ぎて行く。お供の家臣らが、厠を使い、戻って行くのだ。

中には、壱之介と同じように、立ち止まって深呼吸をする者などもいた。

「いやはや」つぶやく声が聞こえてきた。

「なんとも窮屈《きゅうくつ》になってきたなあ」

横目を向けると徒士が二人で腕を広げていた。

「ああ、倹約倹約とうるさくなったな。勘定奉行が変わって余計に細かくなったのではないか」

壱之介は耳を澄ませた。田沼意次が役を辞してすぐ、その信頼を受けていた勘定奉行二人がお役御免となり、新たに二人が役に据えられていた。罷免《ひめん》された一人は、松本秀持だった。

「松本様は印旛沼《いんばぬま》や手賀沼《てがぬま》の干拓《かんたく》などという大仕事をなさっていたからな、細かいことには無縁だったのだろう」

「そうか、干拓が中止となったゆえ、新たな勘定奉行は手が空いたのだな」

干拓は去年の七月、大洪水が起きたことで中断していた。さらに、干拓を命じたのが田沼意次であったため、辞職と同時に中止とされていた。

「松本様は小普請組《こぶしんぐみ》に落とされたのだろう。御奉行からいきなり小普請とはな……」

小普請組は、役のない幕臣が属する組だ。

「まあ、元は我らと同じような御家人だったのだ、振り出しに戻ったようなものであろうよ」

「それはそうか。そもそも、田沼様に賄賂《わいろ》を積んで勘定方にしてもらった、という噂もあったからな」

「ああ、天守番から勘定奉行に出世など、ありえんわ」

二人の笑いが洩れる。

その笑いが遠ざかって行った。
待機の列へと、二人は去って行く。
ううむ、と壱之介は眉を寄せた。御徒組にはそのような噂が流れていたのか……。
新番士のなかでは、聞いたことがなかった。
しかめた顔のまま歩き出した壱之介は、その面持ちを変えた。
前から大田南畝が歩いて来る。が、やはりこちらを見ようとはしない。
壱之介は南畝に近づくよう、斜めに進んだ。
間近になった際、目顔で挨拶をした。
「お仙殿に会ってきました。おっしゃったとおりでした」
南畝は前を向いたまま、口を動かした。
「面白い女《おなご》であったろう」
南畝はそのまま進んで行く。
壱之介は目顔で頷き、すれ違う。
前に進むと、その先に、先ほど近くで話をしていた御家人の姿があった。
二人の話を思い出して、あ、と壱之介はつぶやいた。そうか、松本秀持……。

四

昼過ぎ。

町で蕎麦を食べてきた壱之介は、徳兵衛長屋の木戸門をくぐった。

戻っているだろうか、と思いながら、秋川兄妹家の戸口へ向かう。朝、訪ねたが誰もおらず、昼前にも戻っていなかった。

戸の前で「ごめん」と声を上げた。

「友之進殿、おられるか」

おう、と中から声が返る。

「入られよ」

よし、と戸を開けて、土間に入ると、机に向かっていた友之進は膝を回した。

「どうぞ、お上がりを」

言い終わる前に、壱之介は上がり込んでいた。

「朝からいくどか参ったのだが、留守であったゆえ……」

「おう、それはすまぬことをした。終えた仕事を紫乃とともに蔦屋に届けに行っていたのだ。で、ついでに町などを歩き、紫乃はそのまま上野に……や、なにか、急ぎの用でもおありでしたか」

「ええ、お尋ねしたいことがありまして」

「ほう、なんでしょう」

かしこまる友之進に、壱之介は向かい合った。

「友之進殿は、勘定奉行であった松本様のお屋敷を知っておられましょうか」

「松本秀持様か……確かに、田沼家にはよくお見えになっていたが。お屋敷がどこであったか、はて、聞いたような気もしますが……」

首をかしげる友之進に、いや、と壱之介は頷く。

「そもそも、お役御免となり小普請組に落とされたゆえ、元の役宅は失っているはず。どこに移られたか……奉行まで務めた方ゆえ、よもや組屋敷におられるとは思えぬのだが……」

「なるほど」友之進は膝を打った。

「なれば、参ろう」

すっくと立ち上がると、見上げる壱之介に頷いた。

「御家老であれば、知っておられるやもしれん」

「御家老」

続いて立つ壱之介に、うむ、と頷く。

「田沼家家老の三浦《みうら》様だ。あのお方は、殿と一緒に松本様とよく話をされていた。今の御消息もご存じかもしれん」

友之進は袴を着けると、二本の長短を差して、「さっ」と土間に下りた。

壱之介も続く。

神田から日本橋を抜け、二人は木挽町を目指した。

やがて見えてきた長い塀を、友之進は指さした。

「あそこです」その足の向きを手前で変える。

「裏へ回ろう」

足早に横道に進む。

裏門の木戸を押すと、友之進はつかつかと入って行った。

「今は出入りが多いので、大丈夫」

そう言いながら、勝手口へと向かう。

「や、これは友之進殿」

勝手口にいた家臣が、振り向く。

「御家老はおられますか」

「ええ、お部屋に」

「では、邪魔をします」

土間から上がり込む友之進が振り向くのに頷き、壱之介も続いた。

長い廊下をいくどか曲がりながら進むと、友之進は奥の部屋の前で膝をついた。

「御家老、お邪魔を」

「おう、友之進か、入れ」

中からの声に、友之進は壱之介を目顔で誘う。

「失礼いたします」

中では、三浦が文机に向かっていた。

座敷に手をついた壱之介を、三浦は訝しげな目で見ると、それを友之進に移した。

友之進は一つ、咳を払うと、手で壱之介を示した。

「こちらは不二倉壱之介殿、わたしがなにかと世話になっているのです」

「ふむ」

三浦の目を感じて、壱之介は顔を上げた。

そうか、このお方が、と胸中で思う。田沼意次が百姓の生まれである男を家臣とし、家老に取り立てた、という話はよく知られていた。それを以って、意次を非難する武士も多く、家老ともどもに見下す武士も多い、と壱之介は聞いていた。

「突然お邪魔いたし、申し訳ありません」

「いや」三浦が膝を回して、壱之介と向き合う。

「いずこかの御家中からおいでですか」

三浦の言葉に、壱之介は小さく息を吞んだ。どこまで言うべきか……。

すると、横から手を伸ばした友之進が、壱之介の背中を叩いた。

「壱之介殿は、お城から遣わされた隠密なのです」

えっ、と壱之介は顔を上げる。なんと……いや、間違いではないが……。

「なんとっ」そこに三浦の声が被った。

「隠密とは、なにゆえにそのような者を連れて来たっ」

三浦は膝を立て、腰を浮かせる。

「いや、お待ちを」友之進が掌を向ける。

「敵ではありません」

三浦の目が吊り上がる。

「老中首座の命を受けた者ではないのかっ」

「違います」壱之介も手を上げる。

「わたしが命を受けたのは、松平定信侯に与《くみ》するお方ではありません。むしろ、その逆……」

む、と三浦は浮かせた腰を落とした。

「そうか、お城にはまだ殿についていた大名方もおられる、と聞いているが」

「はい」壱之介は頷く。

「お名は申せませんが、そのお方は、田沼様のみならず、意知様や意致様を信頼なさっておられました」

ふうむ、と三浦は険しかった面持ちを弛めた。

「まあ、友之進が連れて来たお人であれば、信用できよう。なにしろ、人を見る目はあるからな」

口元で笑う三浦に、友之進は頷く。

「はい、わたしは苦労してきましたから、人を見る目は磨かれました」

三浦は真顔になると、壱之介を見据えた。

「して、なにゆえに参られたか。殿には会えませんぞ」

蟄居は外出も客に会うことも禁じられる。

「ええ」友之進は歪めた顔を壱之介に向けた。

「部屋には格子がはめられていますし」

え、と目を丸くする壱之介に、三浦が声を荒らげた。

「城から大工が遣わされて、瞬《またた》く間に……よもやそこまでするとは……これならばいっそ改易のほうがましというもの」

友之進も頷く。

「士分を離れれば、自由の身になれますものを」

険しい目で頷き合う二人に、壱之介はそうか、と思う。永蟄居とは、死ぬまで格子に閉じ込められるということか……。

壱之介が思わず唾を呑み込む。その音が、静かな部屋に鳴った。

友之進は真顔になると、三浦を見た。

「壱之介殿は、松本秀持様のお屋敷を知りたいそうです」

「松本殿の……なにゆえに」

三浦の問いに、壱之介は背筋を伸ばす。

「ぜひ、尋ねたきことがありまして……」

「土山宗次郎殿のことか」

三浦が溜息を漏らす。その顔で斜め上を見上げると、顔を歪めた。

「あのお方は……信用ならぬと思うていたが、まさか、行方をくらますとは……」

「信用、できぬとお思いだったのですか」

身を乗り出す壱之介に、三浦は目顔で頷いた。

「確かに、頭も切れて才がおありだった。考えも大きく、型に収まらない。そこを殿はお気に召されたのであろう。殿も、同じであったゆえ。だが……」

三浦は首を振った。

「わたしはどうも危うさがある、と思うていた。話がどんどんと膨らんでいき、勢いがついていく……脇を固めなければならぬところも、頓着《とんちゃく》なしに進もうとする。足が一寸《ちょっと》、地面から浮いたようなお人、とでも言おうか」

へえ、と聞き入る壱之介に、三浦は小さく首を振った。

「殿にも、土山殿にはもう少し慎重になさったほうが、と申し上げたのだが、殿はなにしろ人がよく……」

落とす息に、友之進が頷いた。

「信頼すればすっかりまかせてしまう、と言いますか……」

うむ、と三浦が頷く。

「殿はおおらかゆえ」

「あの」壱之介が声を挟んだ。

「では、松本様はどのようなお方なのでしょうか」

ふむ、と三浦は顔を上げた。

「松本殿はまっとうなお人です。才覚に溢れ、賢く、物事を見透す目も広く、人柄もよい。殿は話しをなさって、すぐに登用をお決めになったほどです」

「そうだったのですか」

「ええ、殿はお屋敷を訪ねてくる人には、身分の違いなく会われ、話しをされていたのです。といっても、すべての人とではなく……なにしろ、大名や幕臣、商人や百姓など、日々、訴えのために列をなしていたのですから。見知らぬお人はまず、我らが話を聞き、これぞと思えば殿にお取り次ぎするという仕組みで。松本殿も、そうした一人で、政に関する考えを書いて持参したのです。それを殿が高く評価され、勘定奉行所に入れたのです」

「そうでしたか。勘定所に入り、組頭、吟味役、奉行と上っていかれたと聞いていたので、さぞかし秀でたお方なのだろう、とは思っていましたが」

壱之介の言葉に、三浦は、ばん、と腿を叩いた。

「さよう。世の中では、松本殿は殿に金子を積んだから出世した、などと噂されているが、とんでもないっ。そもそも、天守番に賄賂を差し出すゆとりなど、あろうはずもない」

三浦は息を吐き出す。

「そもそも、殿は賄賂で出世を決めるようなお方ではない。仙台藩《せんだいはん》の殿様が、上の官位を望んでいろいろと贈ってきたが、返された。あの松平定信侯とて、藩主の待遇を上げてほしいと賄賂を寄越したが、それも断った。ほかにも山ほどの賄賂が贈られたが、返すのが我らの役目。金で身分を引き揚げるようなことはしておりませぬ」

「そうですとも」友之進が頷く。

「第一、田沼家は財に不足などしていないのですから、金子をありがたがるはずもない。田沼様の身近で出世なさった方々は、それなりの力があったからです」

「さよう」三浦がまた腿を叩いた。

「それを賄賂のせいだというのは、ただの妬《ねた》み嫉《そね》みというもの。武家は己が出世できないことを賄賂のせいにして、己《おの》が身をかばっているのです」

「なるほど」壱之介はつぶやきながら、御徒組の御家人の言葉を思い出していた。

「確かに、出世したのは賄賂のおかげ……そう陰口を言えば、出世できずにいるお人らの腹は、収まるでしょうね。血筋がよいのに出世できない、というお人は多いでしょうから」

「まさしく」三浦が深く頷く。

「血筋や家格を誇る武家は、そこに価値を見出さない考えを受け入れることができないのです」

ええ、と壱之介はゆっくりと言葉を繋げた。

「それゆえに、松本様も引きずり下ろされたのですね。常ならば、奉行を務めたお人が無役になるなど、ないでしょうに……」

うむ、と頷く三浦に、壱之介は膝で近寄った。

「わたしは是非、松本様のお話を伺いたいのですが。今のお屋敷はご存じですか」

ふむ、と三浦は膝を回して机に向かった。と、横に散らばった丸めた紙を取り上げ、その裏に筆を走らせた。

描かれた絵図を、壱之介に差し出す。

「今はこちらにおられます。松本殿が土山宗次郎の居場所を知っているとは思えぬが、仕事ぶりやふるまいについては、我らより知っているでしょう」

壱之介は渡された紙を見つめる。

「ありがとうございます。明日にでも……」

その言葉に、そうだ、と三浦が身を回した。後ろの棚に手を伸ばすと、小さな木箱を壱之介の前に置いた。

「松本殿をお訪ねになるのであれば、これをお渡し願いたいのだが」

「これは」

「殿が愛用された硯《すずり》です。以前、松本殿が、褒めていたゆえ」

三浦は部屋の中を見回す。壁際に、大小の木箱が積まれている。

「今、去って行く家臣らにそれなりの金子を渡すため、物を売り払っているのです。が、その硯は殿が松本殿へ、と仰せになったので」

小さな風呂敷に木箱を包みながら、ふっと苦笑を見せた。

「わたしが届けるつもりであったのだが、いかんせん、なすべきことが多く……これは添え書きの代わりにもなりましょう」

「承知いたしました」

壱之介は包みを手に取ると、額の前に掲げた。

「必ずや、お届けいたします」

「お頼みします、では」

三浦はそう言って、腰を上げた。

いつの間にか、廊下に家臣が控えていた。

「今、参る」

三浦が出て行く。

友之進も立ち上がりながら、言う。

「わたしはここで片付けを手伝っていくゆえ」

「では、わたしはこれで」

ともに廊下に出ると、壱之介は包みと絵図を懐にしまい、勝手口へと歩き出した。

五

壱之介は絵図を手に、屋敷の門に立った。

ここだな、と見上げ、「ごめん」と大声を出す。

返事がないため、脇の潜り戸を押すと、開いた。

中に入って行くと、すぐに中間《ちゅうげん》が飛んで来た。

「松本様にお目通りを願います。田沼様からの預かり物を持参しました」

壱之介は手にした小さな包みを、持ち上げた。

中間は屋敷に駆け込み、すぐに戻って来た。

「どうぞ」

壱之介は玄関に案内されながら、ほっと息を吐いて、包みを見た。これを託されてよかった……。

奥の座敷へ通されると、床の間を背にした松本秀持が、首を伸ばして、

「さ、こちらに」

手で招かれ、壱之介は向き合った。

「不二倉壱之介と申します」

言いながら、壱之介は松本の目が包みをとらえているのに気づいた。

「田沼様から、と聞いたが」

待ちきれぬふうで身を乗り出す松本に、壱之介は包みを解いて、木箱を差し出した。

「はい、昨日、三浦殿から託されました。殿から松本様へ、ということで」

「それは、かたじけない」

木箱を開けて中を見つめる。

「おう、これは……」

眼が揺れているのが見て取れた。

松本は顔を上げて、壱之介に頷いた。

「確かに拝領しました、お礼を申し上げます、とお伝えくだされ」

もう用はすんだ、と言いたげな面持ちに、壱之介は慌てて首を振る。

「あ、実は、わたしは田沼家の家臣ではなく、城中から来たのです」

「お城から」松本の顔がたちまちに歪む。

「どういうことですかな」

硯と壱之介の顔を見比べた。

息を整えて、壱之介は口を開いた。

「わたしは隠密、のようなもので、されど、老中首座に抗する側、とでも言いましょうか」

松本は改めて手にした硯を見る。

「ふむ、まあこれを託されたということは、信用してよいのでしょうな」

「はい」壱之介は背筋を勢いよく伸ばした。

「松本様には、土山宗次郎のことをお尋ねしたく伺いました」

ふう、と松本は眉を寄せる。

「それならば、すでに御目付に話したが。わたしは居所など知りませんぞ」

壱之介は頷いて、膝行した。

「土山殿は松本様の配下であったと聞いています。田沼様にお引き合わせになったのは、松本様ですか」

「さよう」松本は硯を下に置いた。

「宗次郎がある日、『赤蝦夷風説考《あかえぞふうせつこう》』という書物を持って来たのだ。重要なことが記されている、と言うてな」

「重要……わたしは読んでいないのですが、蝦夷地のことですか」

「うむ、読んでみて、わたしも驚いた。書いたのは工藤平助《くどうへいすけ》という仙台藩の医者で、経世《けいせい》(経済)にも通じているお人らしい。その方が、前野良沢《まえのりようたく》という医者などから聞いた話を元に記したのだ。蘭学に通じている良沢と、親しい通詞《つうじ》から漏れ出た話、ということのようですな。皆、長崎で知り合ったらしい」

「長崎、ですか」

「さよう、欧羅巴《エウロパ》から露西亜《ロシア》に渡った男が、長崎の阿蘭陀《オランダ》商館に手紙を出したそうだ。その男、露西亜でなにやらやって捕まったあと、逃げ出してきたそうだ。その折に、露西亜が蝦夷近くの島に基地を造っているのを見たらしい。蝦夷の地に侵攻するため、ということであった」

「なんと」

目を丸くする壱之介に松本は頷いた。

「わたしもそれを読んで、驚いた。なので、すぐに田沼様にそれをお見せしたのだ。田沼様も驚かれ、これは捨ておけぬ、すぐさま手を打たねば、ということになった。で、わたしは宗次郎を田沼様に引き合わせたのだ」

「なるほど、そういうことでしたか」

松本は頷く。

「宗次郎は口が達者なゆえ、聞き集めた蝦夷のことを田沼様に説明したのだ。宗次郎は勘定方には珍しく大きな考え方をする男ゆえ、田沼様が気に入られたようで、その頃から宗次郎が直に田沼様と話をするようになっていった。わたしは印旛沼や手賀沼の役目で忙しかったため、まかせてしまったのだ」

「では、土山宗次郎殿がじきじきに蝦夷に携わったのですか」

「さよう。勘定所の役目ではなく、田沼様じきじきの仕事としてだ。城中でも、蝦夷地の調べや開拓をすべく諮《はか》ったものの、大名方からなかなか了承が得られない、ということで田沼様が自ら動かれたのだ」

「なるほど、事は急を要する、と判断されたのですね」

「さよう。それに田沼様は日頃から仰せであった。御政道においては、すでに多くをなした。この先、世の中のためになる大きな仕事を残したい、とな」

なるほど、と壱之介はつぶやく。

「で、それを土山宗次郎殿に託された、と」

「うむ。宗次郎は二人の者を蝦夷地に遣わして、土地のようす、そこで暮らすアイヌのことなど、さまざまに探索させたのだ。蝦夷地の松前藩《まつまえはん》では、アイヌと密貿易をしている、という話も伝わっていたゆえ。その二人は蝦夷地で越冬して、知り得たことを書物にして上げてきた。『東遊記《とうゆうき》』としてな」

「え、それはなんというお人ですか」

「本を書いたのは、稲毛屋金右衛門《いなげやきんえもん》という者だ。ともに行ったのは荒井庄十郎《あらいしょうじゅうろう》という、確か浪人であったと思うが」

「稲毛屋、ということは町人ですか」

「うむ、内藤新宿《ないとうしんじゅく》の煙草屋《たばこや》と聞いている」

「煙草屋……その町人が本を書いたのですか」

「さよう。わたしも目を通したが、しっかりとしたものだった。煙草屋といっても、狂歌などをやっている文人らしい。まあ、町では山師などと言われるらしいが、宗次郎とも古いつき合いと聞いた」

狂歌、山師、と壱之介は口中で繰り返した。

松本は声を低くした。

「宗次郎が派手な金遣いをしだしたのは、その頃からだ。おそらく、田沼様から蝦夷地の調査のために、資金を渡されていたのだろう」

あ、と壱之介は口を開いた。言葉を探そうと、ぱくぱくと動かす。

「そ、そういうこと……ですか」

「いや」松本は小さく首を振る。

「確かめたわけではない。それに、御用金を懐に入れたのは確かであろう。そちらも以前よりやっていたのかもしれん」

ふうっと松本は息を吐く。

壱之介は息を吸い込んだ。

土山宗次郎……豪胆な性分と見える……。思わず拳を握る。

松本は胸を反《そ》らす。

「知りたいことは、これでよろしいか」

「はい」壱之介は礼をした。

「かたじけのうございました」

酒の一升徳利《いっしょうどつくり》を手に、壱之介は、

「ごめん」

と、戸口で声を上げた。

「おう、入られよ」

友之進の声が返ったのと同時に、壱之介は戸を開けていた。

「これを」

徳利を掲げると、友之進がたちまち笑顔になった。

「や、それはありがたい、ささ、上がられよ、紫乃、膳を出してくれ」

顔を振り向けながら、友之進は文机を脇へと押しやる。

紫乃が箱膳を並べ、笑顔を向けた。

「糠漬《ぬかづ》けくらいしかありませんけど」

「いや、これも持参しました」

壱之介は懐から、炒り豆と干し烏賊《いか》の包みを出す。

まあ、と紫乃はそれを受け取り、台所へと戻って行った。

「さあ、やりましょう。これは先日のお礼です」

壱之介が友之進のぐい呑みに酒を注ぐと、友之進も注ぎ返す。

紫乃が糠漬けと豆の皿を膳に置き、火鉢を横に移した。

烏賊を裂いて、載せた網に並べていく。

空《から》になったぐい呑みに酒を注ぎながら、壱之介はかしこまった。

「三浦殿への口利き、ありがとうございました。おかげで、助かりました」

「なに、壱殿には世話になっているのだ。それに、もうかしこまるのはよそう、我らは友ではないか」

赤味を帯びた顔を横に振る。

「あ、では、今後、田沼家を勝手に訪ねてもかまいませんか」

「おう、かまわんぞ、もう顔見知りになったのだ。三浦様はあのように気さくなお方だしな」

赤くなった目元を弛める。

はい、と頷きながら、壱之介は失笑を漏らした。

「しかし、驚きました。いきなり隠密、と言われて」

ああ、と友之進も苦笑する。

「だが、壱殿は端《はな》から身分を明かそうとはしなかったであろう。これは隠密に違いない、と思うていたのだ」

「あら」紫乃が顔を上げた。

「真に隠密であれば、嘘の身分を平気で言いますでしょうに」

「お、そうか」友之進は己の額を叩く。

「紫乃は賢いな」

「普通です」

顎を上げる紫乃に、友之進はまた額を打つ。

「では、わたしが馬鹿ということか」

ははは、と声を上げる。

壱之介もつられながら、友之進の赤い破顔を見る。笑い上戸かもしれん……。

烏賊の焼ける香ばしい匂いが立ってきた。

「おう、焼けたか」

友之進が手を伸ばして、裂いた烏賊をつまむ。

「おっと、あちち」

宙に放り投げる。それを指先でつまむと、口へと運んだ。

「うむ、うまい」細めた目を壱之介に向けた。

「して、松本様から思うような話は聞けたのか」

「ええ、いろいろとお話が聞けて、助かりました」

壱之介は松本の声を思い出す。山師、という言葉が耳の奥で揺れる。

「さっ」紫乃が烏賊を皿に取って、差し出してきた。

「どうぞ、焼けましたよ」

「おっ、かたじけない」

目の前の烏賊から、香ばしい湯気が立ち上った。

第三章　狂歌人

一

黄昏の茜色《あかねいろ》が広がった空を、壱之介は見上げた。

今時分であればいいだろう、と思いつつ、徳兵衛長屋を出る。

神田の道には、仕事から戻って来た男らが、疲れも見せずに行き交っている。

日本橋に向かう道を歩いていると、「もし」と横から声がかかった。

「旦那」と、町人が寄って来る。

なんだ、と立ち止まった壱之介に、若い男はそっと手を差し出した。小さな包みが握られている。

見下ろす壱之介に、男は胸で隠すように包みを開いた。

「こいつを買ってもらえませんか」

現れたのは銀の煙管《きせる》だった。

見上げる男はささやき声で言う。

「お安くします、ほんとはこんな値には、できないんです」

ううむ、と壱之介は男を見つめた。眉の下がった困り顔に、いや、と返す声が小さくなる。

「すまぬな、わたしは煙草はやらないのだ」

「あ、ならばお父上にいかがです、上役に差し上げてもよいかと。今なら、喜ばれますよ」

男はぐいと煙管を押し出す。

そうか、と壱之介は腑に落ちた。

数カ月前の八月の四日に、老中首座松平定信は倹約令を発布していた。特に大名、幕臣に対して厳しく節制せよ、と命じたのだ。倹約を行い、世上《せじょう》の見本とせよ、という厳命だった。

「倹約令で売れなくなったのだな」

壱之介の言葉に、男はうんうんと頷く。

「そうなんでさ。七月に仕入れをしたら、そのすぐあとにそんなことになっちまって。ほんとは買ってもらえる当てがあったのに、禁令が出たから買えぬって言われちまいまして……」

眉がさらに下がる。

ふうむ、と壱之介の眉も歪んだ。

「それは困っていることであろう。が、うちは父も煙草はやらないし、喜びそうなお人は見当たらないのだ。すまぬな」

「けど、今、買っておけばそのうちに値が上がり……」

話しながら、男ははっと目を見開いた。慌てて煙管を包んで懐にしまう。

「わかりやした。お引き留めして、すんません」

男はうなだれたまま背を向け、足早に歩き出した。

なんだ、と壱之介は男の見ていたほうを振り返った。

黒羽織姿の役人がやって来ていた。

あ、と壱之介は身を回した。役人は南町奉行所の定町廻《じょうまちまわ》り同心清野平七郎《せいのへいしちろう》だった。

「お、これは壱殿」

清野も気づいて、寄って来る。と、首を伸ばして去って行った男を見た。

「知った者ですか」

「いえ」壱之介は首を振る。

「倹約令のせいで、商売が上がったりのようで……」

「なるほど。こっそりと売りつけようとする輩《やから》が増えてますからな。ま、武士が倹約をすれば、そのつけは町人にくる、というわけで」

顔をしかめる清野に、壱之介は頷く。

「物の仕入れがある商売は、たちまちに困る、ということですね」

「さよう。売れなければ、抱え込むことになる」

ふっと息を吐いて、清野は上背《うわぜい》のある壱之介を見上げた。

「お帰りですかな」

「いえ、まだ用事が」

壱之介は道の先を目で示す。

「そうですか、では」

会釈をする清野に礼を返し、壱之介はまた歩き出した。

道は日本橋の通油町に入った。

蔦屋の大きな店構えが見えてくる。いつものように、多くの客が店先を覗き込んでいた。

店の前には、空の駕籠《かご》が置かれ、駕籠かきが立っている。

おや、と思いながらその横を抜けて、奥の見知った手代に声をかける。

「主はおられようか」

「ああ、これは……」

手代が奥へと顔を向けると、そこから重三郎が現れた。

「おう、兄さんか」上がり框にやって来た。

「すまんが、今日はこれから深川で集まりがあってな」

そうですか、と一歩引きながら、壱之介は口を開いた。

「あの、稲毛屋金右衛門というお人をご存じですか。狂歌をやっているそうなのですが」

あん、と重三郎の足が止まった。

その踵を返すと奥へと戻り、すぐに帰って来た。

手にした二冊の本を差し出す。

「うちで出した狂歌集だ。平秩東作《へずつとうさく》ってのが、そのお人だよ」

壱之介は本を受け取る。

重三郎は雪駄《せった》を履きながら、本を指さした。

「ちなみに、四方赤良ってのが南畝先生だ」

にっと笑うと外へと出て行く。

あとに続いた壱之介を、重三郎は駕籠に乗り込みながら見上げた。

「本は貸すから、お読みなさい」

駕籠が「よっ」というかけ声で持ち上げられる。

「お借りします」

会釈をする壱之介に、重三郎は揺られながら片手を上げる。

「はっ」「よっ」というかけ声とともに、駕籠は辻へと消えて行った。


朝の日差しが、屋敷の障子を明るく照らす。

障子を少し開けて、壱之介は本を開いた。

その前の廊下を通りかかった父が、足を止める。

「おや、いたのか」

障子を開けて覗き込んできた。

「はい」壱之介は見上げて、本を持ち上げる。

「今日は、出かけずにこれを読もうかと」

ふむ、と父は隣にしゃがんだ。

畳に置かれたもう一冊を手に取る。

「『狂言鶯蛙集《きようげんおうあしゆう》』と、読むのか」

ん、とその横に記された外題《げだい》に目を移す。と、噴き出した。

「なんだ、『故混馬鹿集《ここんばかしゆう》』とは……そうか、『古今和歌集《こきんわかしゆう》』にかけてあるのか」

笑い続ける。

「こちらは」壱之介は手にした一冊を示した。

「『狂歌才蔵集《きようかさいぞうしゆう》』、ともに蔦屋が出した狂歌集です」

ほう、と父は見比べる。

「狂歌はよく知らぬが、なにやら面白そうだな」

「今、読み始めたところですが、思ったほどふざけた歌ではないようです」

ほう、と父は本を開く。

「買ったのか」

「いえ、蔦屋重三郎が貸してくれたのです」

「ほう、蔦重が……これもお役目に関わるのか」

「はい、まあ……」

話せば長くなる、と壱之介は口ごもる。

「いや、言わずともよい」父は本を閉じた。

「さて、わたしは出仕だ」

本を置いて立ち上がる。廊下に出ながら、息子に振り向いた。

「気張れよ」

はい、と壱之介は父を見送った。

さて、と再び本を広げる。

めくっていく手が、おや、と止まった。

四方赤良の歌が現れたのだ。

字を追っていく壱之介が、目を留めた。

吉原桜《よしわらのはな》という題がつけられている。

「中の町うゑたる花のかたはらに深山木《みやまぎ》などは一本《ひともと》もなし」

声に出して読んでみる。いくども繰り返して読んだ。

そうか、と壱之介は一人頷く。吉原の中も町が区切られていると聞いたことがある。

中の町というのはその一つだな。そして、そこの娘らは誰もが華やかで、野暮な者はいない、ということか……。

大田南畝の顔を思い出す。やはり吉原に通じているのだな……。

壱之介はじっくりと本をめくる。

あっと、声を漏らした。平秩東作、これか……。

花、と題されている。

「行く春を思ひきれとや舞台からとんでみせたる清水《きよみず》の花」

また声に出して読んでみる。

ふうむ、舞台とは清水寺の舞台のことだな、春にぐずぐずと未練を持たずに思い切れ、ということか……きっぱりとした人柄らしいな……。

障子越しの日差しが長く伸びてきた。

母の多江がやって来た。

「壱之介、昼餉《ひるげ》ですよ」にこやかに言う。

「そなたの好きなきのこ汁を作りましたからね」

はい、と壱之介は本を置いた。

昼餉をすませ、壱之介は再び障子の前で本を開く。

読み終えた『狂歌才蔵集』を脇に置いて、『狂言鶯蛙集』を手に取る。

めくる手が、平秩東作の名に止まった。
これは……。
長い題が掲げられている。
（松前江差《えさし》という湊《みなと》にて、村上氏《むらかみし》なる人の家に旅寝し侍《はべ》りて、歳暮の心を読める
蝦夷地に渡った折のことか……越冬したという話であったな……）
壱之介は歌に目を移し、読み上げる。
「村上をやどりにしてもよる年はとりかえされぬ日月《じつげつ》の旗」
ううむ、と唸る。よくわからないな……。
苦笑をかみ殺しつつ、天井を見上げた。
しかし、蝦夷に行ったことは確か、ということか……。
壱之介は息を吸い込むと、本に顔を戻した。

二

翌日。
夕刻を待って、壱之介は蔦屋を訪れた。

「おう、兄さん」重三郎が奥から手で招く。

「今日は出かけないから大丈夫だ、さ、こっちに」

　では、と上がり込んだ壱之介は、二冊の本を差し出した。

「ありがとうございました。平秩東作さんのことがわかりました」

「おう、読んだかい」

「はい、ただ、清水の舞台の歌、日月の旗というのがよくわかりませんでした。わたしは文武の文のほうがまだ拙《つたな》いもので」

　首を縮める壱之介に、重三郎は小さく笑った。

「そりゃ、『太平記《たいへいき》』さ。そこに出てくる武将の村上義光《よしてる》にひっかけてある。村上は後醍醐《ごだいご》天皇の皇子、護良《もりなが》親王の側近だった。で、天皇が鎌倉《かまくら》の将軍を潰そうと戦乱を起こした際、鎌倉にいた護良親王は逃げ出したわけだ。が、途中、土地の男に道を塞がれた。で、錦の御旗を取り上げられたんだが、その旗には日と月、二つの丸が記されていたわけさ。それが日月の旗、ということだ」

「はあ、そうでしたか」

「ああ、本にはその絵が載っているからな、読んだ者にはわかる。で、あとから一行を追った村上義光が、奪われた旗を取り戻したってわけだ」

「なるほど……」壱之介は考え込んだ。

「そうか。平秩東作さんは村上という人の家に泊まって年を越した、が、日月の旗を取り戻したようには、過ぎ去った月日を取り戻すことはできない、と、そういうことですね」

「おう」重三郎は膝を打つ。

「そういうことだ。兄さんは歌の才がありそうだな」

いや、そんな、と壱之介は首を振った。

「この平秩東作さんは町人と聞きましたが、文に通じているのですね」

「そりゃ、な。狂歌をやる人は武士でも町人でも、みんな和漢の古文に精通しているさ。それに、東作先生は父上が武士だったと聞いている。立松《たてまつ》家という尾張《おわり》藩士だったそうだが、どういうわけか、町人になって内藤新宿で馬宿を始めたらしい」

「馬を貸す商売ですか」

「おう。それで元手を稼いで煙草屋も始めたようだ。その商売と、父親の名乗った稲毛屋金右衛門の名を東作先生は継いだ、というわけだ」

「そうでしたか」壱之介は上目になる。

「山師と呼ばれている、とも聞いたのですが」

「ああ、そうだな」重三郎は目で笑う。

「戯作《げさく》もたくさん書いているし、儒者《じゆしや》の肩書きもある。ほかの商売に手を出したりもしてきたからな。それに、源内《げんない》先生も山師と言われてたろう、東作先生と源内先生は、親しくしていたからな」

「平賀《ひらが》源内ですか」

「そうさ。まあ、源内先生は本当に、山師だった。銀や金の出る山を探し歩いたこともあったからな。まあ、山師ってえ言葉はその頃から流行《はや》り出したのよ。そのうちに、いろいろ手広くやる人や、でかいことをやる人も山師と呼ばれるようになったんだ。明和《めいわ》の頃は、けっこう景気もよかったからな」

へえ、と壱之介は聞き入る。まだ生まれていない頃のことだ。

重三郎は、ふっと片目を歪めた。

「日々、決まった暮らしを繰り返すだけの町のもんらにしてみりゃ、そういう人らは胡散臭《うさんくさ》く見えるんだろう。が、まあ、あれだ、その裏にあるのは、やっかみってやつだ」

「なるほど」壱之介は腕を組んだ。

「平秩東作という人は、剛毅《ごうき》なお人のようですね。狂歌からも、それが伝わってきましたが」

「そうさな。あの歳で、蝦夷地にまで行くんだから、並のお人じゃあないな」

「あの歳……おいくつなのですか」

「すでに還暦を過ぎていたな、確か」

「還暦」

目を丸くする壱之介に、重三郎は肩をすくめて見せた。

「狂歌の会では、一番古いお人だ。南畝先生とは気が合って親しくしているが、二十三歳も離れていて、親子ほどの差だ」

「そうなのですか……その歳で蝦夷とは……」

「おう、驚くだろう。さすが山師ってもんよ」

ふうむ、と壱之介は組んだ腕を深くする。

「土山宗次郎も剛毅なお人のようですし、それで意気投合したのでしょうか」

「そうだろうな。あたしは土山様とは、それほど馴染みがなかったがな」

重三郎は煙草を引き寄せた。葉を詰めて火を入れると、ふうっと、煙を吐き出した。

壱之介は腕を解いて、かしこまった。

「あの、添え書きを書いていただけないでしょうか」

重三郎はぽんと煙管の灰を落とす。

「東作先生に会いにいくおつもりかい」

「はい、土山宗次郎のことを訊きたいのです」

「ふうん。けど、東作先生や南畝先生に害が及ぶのは、困るんだがね」

「それは」壱之介は手をついた。

「そうならないように、力を尽くします」

膝でにじり寄ろうとする壱之介を、重三郎はじっと見つめる。

「ま、信じましょう」

そう言って膝を回すと、文机に向かい文箱《ふばこ》を開けた。

「ええ、と、兄さんの名は、不二倉壱之介、だったか」

「はい」

壱之介は、滑っていく重三郎の筆を見つめた。


「兄上」

布団の上から、壱之介の肩が揺さぶられた。

目を開けると、吉次郎が覗き込んでいた。

外から、長屋の人々のざわめきが聞こえてくる。

「おう」

ゆっくりと身を起こした壱之介を、吉次郎は立ち上がって見下ろした。

「わたしはもう行きますよ。桶に水が汲んでありますからね」

「うむ、すまないな」

そいじゃ、と吉次郎は出て行く。

壱之介は桶で顔を洗うと、水の冷たさに、ふうっと息を吐いた。

顔を拭きながら、枕元に置いた書状を見る。

昨夜、蔦屋重三郎に書いてもらった物だ。

それを手に取って、見つめる。が、文箱を開けてその中に収めた。

その前に、今日は……。壱之介は立ち上がると、腕を広げた。と、同時に腹の虫が鳴った。

いかん、腹が減った……。壱之介は耳を澄ませる。

外から声が聞こえてきた。

「煮売りぃ、煮豆に卯《う》の花、切り干し大根〜」

戸を開けて、首を伸ばす。

「頼む」

へい、と煮売り屋は駆けて来た。

日本橋で菓子を買って、壱之介は木挽町へと向かった。

田沼家の裏門へ回ると、荷車が並んでいた。木箱を積んでいる。

その脇を抜けて入ると、庭へと回る。

もし、忙しそうであれば出直そう、と先日上がった家老の部屋を見た。障子が少し開いており、中の様子が見える。

三浦は前と同じく、文机に向かっていた。今日は算盤《そろばん》をはじいている。

佇《たたず》んで見ていると、三浦が顔を上げた。

壱之介が庭を進むと、三浦がこちらに気づいて目が合った。

おう、と目を開いた三浦に、壱之介は頭を下げる。

「すみません、勝手に入ってきました」

廊下に寄って行くと、三浦は障子を大きく開けた。

「かまいません、どうぞお上がりなされ」

はい、と沓《くつ》脱《ぬ》ぎ石で草履を脱ぐと、壱之介は上がり込んだ。

風呂敷包みを解いて、菓子折の箱を差し出す。

「先日はありがとうございました」

「いや、松本様には会えましたかな」

「はい、お預かりした硯をお渡ししたところ、目を細めておられました。お礼を伝えてほしい、と言われましたので、こうして……」

「そうでしたか」三浦も目を細める。

「こちらこそ、頼み事をして、かたじけないことでした」

向き合って、互いに会釈をする。

その顔を戻すと、壱之介は改まって口を開いた。

「松本様からお話を伺ったのですが……土山宗次郎には田沼様から資金が下されていたのでしょうか」

ああ、と三浦は頷く。

「さよう。蝦夷地の探索のため、殿は惜しむことなく出されました。わたしはそのたびに、土山殿に渡したものです」

「そのたび、ということはいくども、ということですか」

「ええ。千両箱を届けたこともあります。最初の探索のあと、アイヌと交易をするから、土地を切り拓くから、人を入れて村を作るから、などと、次々に案を出してきたので、そのたびに。船を買う、と言うてもいましたな」

「船……都合、いくらになったのですか」

目を丸くする壱之介に、三浦は歪んだ笑いを見せた。

「都合……帳簿を調べればわかるが、今はそれどころではないゆえ、算じてはいません。あえて知りたくもない、とさえ思いますし」

三浦は歪んだ笑いを深めて、庭へと目をやった。

「途中から、わたしは土山殿に対して疑念を抱いたのです。話はどんどんと広がっていくが、この目で確かめることはできない。真に、土山殿の言うことが行われているかどうか、わからぬままでしたから」

「蝦夷地まで行くのはさすがに困難ですね」

「さよう。しかし、やはり馬脚《ばきやく》を露《あら》わした、ということです」

「遊女の身請けですね」

「うむ」三浦の口がへの字になる。

「人気の遊女を千二百両で身請けした、と、噂が入って来ましてな。やられた、と思うと同時に、やはり、と……」

「そのこと、土山宗次郎に質《ただ》したのですか」

「むろん、田沼家の勝手を預かる身としては聞き捨てならぬことゆえ。このような噂を耳にしたのだが、と。すると、それは自らの工夫で得た利益だ、と平然と言い放ちました」

なんと、と壱之介は眉を寄せる。

「豪胆《ごうたん》なお人ですね」

「うむ」三浦は拳を握る。

「殿はそれでも信じておられ……しかし、わたしは土山が殿の信頼を裏切ったことが、なによりも許せんのです」

握った拳で、己の膝を打つ。

壱之介は顔をしかめた。

「金を私《わたくし》することを覚え、ついには勘定所の御用金にまで手を出した、ということでしょうか」

「そうでしょう。わたしもそれを聞いたときには驚きました。よもや、そこまでするとは」三浦は算盤を見つめる。

「買《か》い米金《まいきん》を懐に入れるなど、役人としてあるまじきこと。いや、田沼家の金とて、濡れ手に粟《あわ》で得たものではない、というに……」

険しい横顔に、壱之介はそっと唾を呑んだ。

「ご不快な話、申し訳ありません」壱之介は頭を下げてから、腰を上げた。

「お取り込み中、お邪魔をいたしました」

いや、と三浦も姿勢を正す。

「もしも土山宗次郎を追っておられるのなら、是非、捕まえてくだされ」

壱之介は曖昧《あいまい》に頷く。家斉の命令を明かすわけにはいかない。

と、そうだ、と口を開いた。

「土山宗次郎は、歳はいくつなのですか」

む、と三浦は目を上に向ける。

「確か去年、四十七と言うていた気が……」言ってから三浦は肩を上げた。

「歳に分別が伴う、とは限らぬということですな」

壱之介は目顔で頷いた。では、もう四十八か……。腹の底でつぶやく。若くはない身で、どこに逃げているのか……。

壱之介は再び一礼すると、庭へと足を向けた。

沓脱ぎ石の草履に、足を入れた。

三

四谷《よつや》の大木戸を抜けて、壱之介は甲州街道《こうしゅうかいどう》を歩き続けた。道は甲斐国《かいのくに》を通って、信州《しんしゅう》にまで繋がっている。大木戸のすぐ外にある内藤新宿は、行き交う人々で賑わっていた。

ここか、と壱之介は、店の軒先に掲げられた看板を見上げた。

稲毛屋と彫られている。広い間口に下げられた暖簾《のれん》には、たばこ、という文字が白く抜かれていた。

ひと息、大きく吸い込むと、壱之介は暖簾をくぐった。

「らっしゃいまし」

振り返ったのは若旦那と見える男だ。

壱之介は懐から封書を出した。

「金右衛門さんに取り次ぎを願いたい。蔦屋重三郎さんからの添え書きだ」

「はい、少々お待ちを」

若旦那はそれを手に、奥へと入って行った。

「どうぞ、奥におりますんで」

戻って来た若旦那が、廊下を示す。

廊下を進むと、奥の座敷で男が顔を上げた。

手には広げた添え書きがある。

「蔦屋さんのお口添えですな、どうぞ、お入りを」

では、と座敷に入ると、壱之介は金右衛門と向かい合った。

金右衛門は目を見開いた。

「おやおや、これはお若い。不二倉様、とおっしゃるのですな」

「はい」壱之介は頷きつつ、そちらこそ、胸中でつぶやいた。とても還暦過ぎには見えぬ、若いな……。

「蔦屋さんから本をお借りして、平秩東作先生の狂歌を読みました」

「ほう」金右衛門は添え書きに目を落とす。

「ご用の向きは書かれておらんが、弟子入りの志願かな」

いいえ、と壱之介は首を振った。

「お尋ねしたきことがありまして……」

壱之介はそっと息を吸い込む。いきなり土山宗次郎を持ち出せば、警戒されるやもしれぬ……。

「先日は南畝先生の所にも伺ったのです。古いおつき合いだそうで」

「ああ」金右衛門は目尻の皺を深める。

「そう、狂歌の集まりには、新しく人を連れてくる者が多くてな、南畝もそうやって知り合ったのよ。南畝はまだ若くて、親子ほど歳が離れていたのに、気が合うて、それ以来ずうっと親しくしておるわ」

にこにこと笑う。

「あれは実に才の豊かな男よ、役人にしておくのが惜しいくらいだわい」

はあ、と壱之介は曖昧な笑みを浮かべた。南畝、と呼び捨てなのだな……。

金右衛門は、おっ、と笑みをしまう。

「いや、こりゃ失礼を。狂歌の仲間は武士も町人も身分の隔てなく付き合っているのでな。お武家相手にも、つい軽い話し方になってしまうのは癖のようなもので」

なるほど、壱之介は重三郎の顔を思い起こした。ぞんざいともいえる話しぶりは、そういうことであったのか……。

「いえ、かまいません。わたしは若輩者ですし、どうぞお気兼ねなく」

「そうかね、そりゃ肩が凝らずに助かる。で……」

首をかしげる金右衛門に、壱之介は喉に力を入れた。

「金右衛門さんは蝦夷に行かれたそうですね。狂歌にも詠まれてましたが」

「おう、そうそう。ありゃ、大変だった」金右衛門は膝を叩く。

「蝦夷を知るには、冬を知らねば話にならん、ということになって、天明《てんめい》三年から四年、わざわざ松前で年を越したんですわ。いや、もう、寒いのなんの、ちいと北へ行くと雪なんざ、腰の辺りまで積もるときてる」

金右衛門は腰の横を手で示す。

「それにね、なんでも凍っちまう。手拭いを濡らして外で振るとね、あっというまにかちんかちんかちんになっちまうんだ。ありゃあ、驚いた」

手拭いを振る仕草をする。

へえ、と壱之介思わず目を瞠《みは》った。

「それほどの寒さなのですか」

「おうさ。奥地では池も凍るし、軒先には氷柱《つらら》が下がるときてる。火を切らしたら、家の中でも凍え死んじまうだろうね」

へえ、と心から感心して、壱之介は口を開いた。

「しかし、人は住んでいるのですよね」

「そうそう。松前藩の人らもいるが、もともとアイヌという民が暮らしていてな、大きな家が建っているんだわ、チセといって頑丈な作りでな、寒さも防げるようにできていたわ。こぉんなでかい囲炉裏《いろり》もあってな」

　金右衛門は腕を大きく広げる。

　壱之介は神妙な面持ちになった。

「蝦夷がどれほどの道のりなのか、見当がつきません。海も渡るんですよね。その……若くても困難な旅ではないかと思うのですが」

「ああ」と金右衛門は薄く白い鬢《びん》をぽんと叩いた。

「これだからな。だから、若い庄十郎を連れて行ったのよ、荷物持ちにな」

「なるほど、二人で行かれた、ということですね」

「そうとも」

「それは……」壱之介はそっと唾を呑み込んだ。

「土山殿からの頼み、だったのですか」

　ふむ、金右衛門は小首をひねる。

「いや、頼みというのじゃない、話を聞いて、わしのほうから飛びついたのよ。蝦夷なんざ、そんな機でもなけりゃ、一生行けんからな」

「なるほど」

「それで、庄十郎も誘ったら、やっぱり飛びつきおった。浪人で旅好きだから、もってこい、というわけだ。まあ、それで勢いがついたのか、庄十郎は江戸に戻ってすぐにまた、旅に出ちまって戻ってこんわ」

「そうでしたか。では、旅の路銀《ろぎん》は土山殿から出たのですね」

「おう」金右衛門は面持ちを変えずに頷く。

「十分な路銀を持たされたから、不自由はなかった。旅の先々で、旨い物も食べることができたわ」

ははは、と笑う。

壱之介はその顔をそっと見つめた。

「土山殿は、松本様や田沼様のご信頼が篤かったそうですね」

「うん、そう聞いているね。だから、蝦夷地の探索をまかされたんでしょうよ。そもそも土山様は器の大きなお人だから、適任、と思われたんでしょうな」

うんうん、と自らの言葉に頷く。

「それでは」壱之介はまたそっと唾を呑んだ。話を急《せ》いてはいけない……。

「お役御免などとなったのは、惜しいことですね」

「そうさね。せっかく蝦夷地のことがわかってきたのに、この先、頓挫《とんざ》するようなことになったら、これまでの苦労が水の泡ってもんだ。だがまあ……田沼様があああなってしまわれたら、しかたあるまい」

「土山殿はそのあと、御宝蔵の番に回されたそうですね」

「ああ、そう聞いているね」

「で……」壱之介はそっと息を呑み込んだ。

「その後、いなくなってしまわれた、と……」

「うん」金右衛門は小さく眉を寄せて頷く。

「行方知れずになった、ということだ」

　顔を小さく振ると、それを上に向けた。

「どこに行ってしまわれたのか」

　ふうっと息を吐いた。

　壱之介は胸の奥でつぶやいた。やはり、わからぬか……。

「お家の方々も知らぬのでしょうか」

「ああ、役人が何度も詰問したそうですよ。移った先の屋敷に来て」

「元の屋敷は牛込だったそうですね」

「そう、南畝の組屋敷のすぐ近くだった。よく宴を開いて、我らもいくども招かれたもんだ。庭には遣水《やりみず》が引かれていて、曲水宴《きょくすいのえん》までやってね……いや、よい屋敷であったわ」

曲水宴、と壱之介はつぶやく。絵では見たような気もするが……。

「その屋敷は引き払って、移られたのですね」

「そうさね。お役御免となれば、しかたもない。で、小さな屋敷に移ったものの、しばらくして、そこからいなくなった、とやらで。家のお人らも、お役人にしつこく訊かれたらしいけど、知らないもんは答えようがないってこってしょう」

金右衛門はまた首を振る。と、上目を向けてきた。

壱之介と目が合うと、にこりと金右衛門は微笑んだ。

「まあ、そういうようなこってす。あとは、なにか」

いいえ、と壱之介は背筋を伸ばした。

「土山殿のことがよくわかりました」

「そうですか」金右衛門は苦笑を見せた。

「どこぞで難儀をしておられるんじゃないかと、みんな心配を……いや、これはお上には内緒ですがね。罪人の心配をしちゃいかんですからな」

口に指を立てる。

壱之介は頷いて、頭を下げた。

「すっかりお邪魔をしてしまいました」

なに、と金右衛門は真顔になると、立ち上がった壱之介を見上げた。

「蔦重によろしくお伝えを」

「はい」

壱之介は、いま一度頷いて、部屋を出た。


四谷大木戸をくぐって、壱之介は来た道を戻る。

と、小さく振り向いた。

背中に気配を感じたためだ。

一人の男が、ふっと顔を逸らした。若い町人だ。が、腰には脇差しを差している。

壱之介は背中に気を集めながら、顔を戻して歩き続けた。

気配は消えない。

壱之介は左を見た。脇道が下り坂となっている。道の先には、長い塀が見える。

足の向きを変えると、壱之介はその脇道へと進んだ。

やはり、気配はついてくる。あの男、と壱之介は眉を寄せた。稲毛屋金右衛門を見張っていたのかもしれぬ……。

脇道の長い塀は寺の物だった。

塀が切れた角を、壱之介は曲がる。

細い道に入ると、そこで立ち止まった。

すると、町人の姿が現れ、角を曲がってきた。

壱之介がその前に立ち塞がった。

「尾けて来たな」

そう言う壱之介に、町人は仁王立ちになった。

「何用あって稲毛屋を訪ねたのか」

「やはり」と壱之介も地面を踏みしめた。

「稲毛屋を見張っていたのだな」

町人は脇差しの柄に手をかける。

「馬鹿な」壱之介は口を開いた。

「このような路地で、刃を交わすことなどできぬ」

ふん、と町人は刃を抜いた。

「腕が悪ければな」

白刃を光らせて、構える。

壱之介も、鯉口《こいぐち》を切った。

町人はじっと壱之介を見据えた。と、切っ先を顔の前に向けてきた。

「そこもとは、大田南畝を訪ねた者であろう」

壱之介は、息を呑み込んだ。と、同時に後ろに飛んだ。

腰を落とし、刀を抜く。それを知っているということは……。

「そうか、徒目付か」

あの折の徒目付に聞いたに違いない……。

ふっと、相手は目を眇めた。

「わたしは小人目付だ。そこもと、何者か」

男は足を踏み出す。

壱之介も片目を細め、一歩踏み出した。

「名乗るほどの者ではない」

言いながら、刀を下に回し、踏み込む。

下から小人目付の刀を打つと、相手は身を傾けた。

が、すぐに立て直し、脇差しを構え直す。
脇に構え、切っ先をまっすぐに向けてくる。
突いてくる気だな……。壱之介は刃を水平に構えた。
男が、地面を蹴った。
壱之介も踏み込み、刀を回す。
上から相手の手首を峰で打った。
小人目付はうっと唸って、止まった。手から、脇差しが落ちる。
壱之介はその横をすり抜けた。
そのまま、表へと飛び出す。
「待て」
小人目付が身を翻した。
待つものか……。壱之介は刀を納めると走り出した。
甲州街道へと戻る。
街道に出て振り向くと、小人目付は腕を押さえて佇んでいた。
壱之介は顔を背けると、そのまま道を駆けた。

四

日本橋の道を、壱之介は歩いていた。

日は西へと傾いて、行き交う人々の影も伸びている。

頭の中では、昨日会った稲毛屋金右衛門と小人目付の顔が交互に浮かんでは消えて行く。朝から、ずっとその繰り返しだった。

にぎやかな通りを過ぎると、道の先に大きな門構えが見えてきた。南町奉行所だ。

壱之介は門が見える道の片隅で立ち止まった。

そのまま、じっとそこに佇む。

やがて、門から黒羽織の人々が出て来た。

退出の刻限だ。

壱之介は一人の姿を認め、駆け寄った。

「清野殿」

こちらを見た清野が、お、と寄って来る。

「これは壱殿、どうなすった」

「お待ちしていたのです。組屋敷にお帰りですか、ともに歩いてよいですか」

「おう、かまわぬが」

清野は道を目で示す。町奉行所の組屋敷は八丁堀《はっちょうぼり》にある。

横に並んだ壱之介を、やや背が低い清野が見上げる。

定町廻りは、町や人々に通じた年配が就くのが倣いだ。清野は父よりも年上の四十九だった。

目尻の皺を動かして、清野は「して」と口を開いた。

「なんの用で待っておられた」

「はい、お尋ねしたいことがありまして……町人の取り締まりは町奉行所のお役目ですよね。御目付の配下が動くこともあるのですか」

「ふむ、それはある」清野が頷く。

「調べている相手が幕臣で、その不正に町人が関わっているようであれば、目付が探ることは珍しくない。徒目付や小人目付が、探索に当たることになるな」

「そう、ですか。それは、町奉行所に知らせが来るのですか」

壱之介の問いに、清野はふっと苦笑した。

「来ぬな。お城の役人は、我ら町方のことなど見下しているゆえ、いちいち知らせようなどと考えまい」

「そういうものですか」

「そういうものだ。まあ、知っていることを言え、とか家を調べろ、などと、適当に使われることはあるが、その程度だ」

へえ、と壱之介は黙り込む。

清野は苦笑を向けた。

「どこぞで目付の配下と鉢合わせでもされたか」

「はあ、まあ」

「そうか。徒目付や小人目付は隠密のような者だからな、張り合おうとはせぬほうがよいぞ。壱殿には、まだ早い」

苦笑を深める清野に、壱之介は首筋を掻いた。

「はあ、そうですね」

南畝の家でも金右衛門の家でも、見張られていたことに気づかなかったことが思い出されて、思わず首を縮めた。

しかし、と胸の奥で思う。見張られているということは、疑われている、ということに違いない……。

南畝と金右衛門の顔が浮かんでくる。南畝殿は確かに、隠し事があるふうだった、しかし、金右衛門は嘘を言っているようには見えなかった……。

考え込む壱之介に、清野は微笑みを向けた。

「だが、よい修業になるかもしれん。手本と思えば、よかろう」

なるほど、と目元を弛ませた壱之介に、清野が頷いた。

「旦那」

そこに声が飛んできた。

小間物屋の店先から、男が清野に駆け寄って来た。

「このあいだはありがとうござんした」

「おう」と清野は立ち止まる。

「あれからあのごろつきは来てないか」

「はい」男は腰を折る。

「旦那が今度はお縄だ、と脅してくだすったおかげで、姿を見せません」

「そうか、ならよかった。近頃は景気が悪くなったとみえて、質《たち》の悪い者が出て来たからな、なにかあればすぐに自身番屋に駆け込むのだぞ」

「へい、そうしやす。お見廻り、ご苦労様でござんす」

「おう」

清野は頷いてまた歩き出した。

壱之介も続きながら清野の横顔を見た。

「ごろつきがなにをするのですか」

「ああ、小さな物を買って、あとで壊れていただの傷があるだのと、文句を言ってくるのだ。だから、金を返せ、とな。自分で壊しておいて、とんでもない。要はゆすりたかりだ」

「へえ、店はたまったものではありませんね」

「そうよ。倹約令が出されてから、小売りの者らはひいひい言っている。店から暇を出された者のなかには、金に困って悪事に走る者も出てくるからな。我らの仕事も忙しくなりそうだ」

清野の眉が寄る。

そうか、と壱之介はつぶやく。

「倹約令は今後三年間、ということでしたよね。この先、厳しくなっていく、ということですね」

「さよう。今はまだ始まったばかりゆえ、今後どうなるのか、先が見えん」

清野は腕を振る。

道の先に八丁堀の堀川が見えてきた。

辺りはうっすらと暗くなりかけていた。

壱之介は清野の前に回ると、足を止めた。

「では、わたしはここで。かたじけのうございました」

なあに、清野は笑顔になって頷く。

「ではな」

黒羽織の袖が揺れて、清野の背中が遠ざかって行った。

壱之介はそれを見送って踵を返した。と、腹に手を当てた。

蕎麦でも食べて行くか……。通りしなにあった蕎麦屋の屋台を思い出していた。


徳兵衛長屋の戸を開けると、中には火が灯っていた。

「おや、兄上」文机に向かった吉次郎が顔を上げた。

「今日はこっちに泊まりですか」

うむ、と壱之介は座敷に上がる。

「暗くなってきたからな、ここに泊まる」

へえ、と吉次郎は筆を動かして、絵を描き続ける。

「なんだ、仕事か」

覗き込む兄に、弟は首を振る。

「仕事じゃありません。これはただの好き、です」

へえ、と壱之介は笑みを浮かべている弟の顔を眺める。

「なあ」とその顔に声を投げかけた。

「子供の頃、いたずらをして怒られたことがあっただろう。そら、相撲《すもう》をしていて屏《びょう》風《ぶ》を破ってしまって……」

「ああ、ありましたね。母上にきつく叱られて」吉次郎が顔を上げてしかめた。

「兄上は、あれ、わたしのせいにしましたよね」

うむ、と壱之介は苦く笑う。

「しかし、母上にすぐに見破られたろう。嘘を吐《つ》くのではないっと」

「ええ、いつもすぐにバレてましたよね。兄上は嘘を吐くときに眼《まなこ》がおろおろと揺れるから、一目でわかるんでしょう」

「眼が揺れる……そうなのか」

「そうですとも。気づいてなかったんですか」

首をひねる吉次郎に、壱之介はううむと唇を嚙む。

「声が震えるのには気づいていたが、眼はわからなかった。そうか、それで見破られていたのか」

「そうでしょう」吉次郎は筆を置いて笑う。

「兄上はわかりやすい」

むっとしつつ、壱之介は弟を指で差した。

「そういえば、そなたは嘘を吐くときに顔を背けるな」

あっ、と吉次郎は上を向いた。

「それはわかってるんですよ、自分でも」

「そうなのか」

「ええ、このあいだも師匠に言われました。おまえはなにかをごまかすときには、顔を背けるから一目瞭然《いちもくりょうぜん》だって。わかってても、もう癖になってるもんで、ついしちゃうんですよね」

ははは、と笑う。

ふうむ、と壱之介は腕を組んだ。

「それが普通というものよなぁ。嘘を吐くときには、どこかに後ろめたさが表れてしまう、というのが」

「そうですねえ。けど」吉次郎は上を見たまま言う。

「出ない人もいますよ。なにも変わらずに、平気で嘘を吐く人が」

「表に出ないのか」

「ええ、去年の暮れに弟子入りした人なんか、そうでしたよ。京の円山応挙《まるやまおうきょ》の弟子だったという触れ込みで、二条城《にじょうじょう》の襖絵を描いたとか、紀伊《きい》家に屛風を納めたとか、立派なことを言って……」

「ほう、大した経歴ではないか」

「ええ、絵師からしたら仰ぎ見るようなお人でしょう。師匠もすっかり敬服して、是非、一門に入ってくださいとお願いしたくらいで」

「うむ、それはそうであろう」

「だから、みんなもちやほやしたんですよ。教えてもらおうと思って。わたしなんか、こっそりと饅頭をあげたくらいで。まあ、みんな陰で似たようなことをやってたみたいですけど」

「ふむ、で、それは真ではなかった、ということなのか」

「そう」吉次郎は手を打ち鳴らす。

「いつまで経っても筆を執ろうとしなかったんです。下世話《げせわ》な絵は描けないとかなんとか言って」

「ふうむ、怪しいな」

眉を寄せる兄に、弟は「そう」と頷く。

「言ってたことは嘘も嘘、大嘘だったんです。師匠が一つ、仕事を頼んでみたら、手を痛めたから医者に行くと言って、そのまま姿をくらませてしまったんです」

「なんと」

目を丸くする兄に頷いて、吉次郎は笑い出す。

「さんざんご飯を食べて、酒も飲んだんですよ。酒は下《くだ》りものでなけりゃ飲めん、なんてえらそうにして。おまけに、師匠に金まで借りたというのに」

「では、初めから、たかるつもりで入り込んだのか」

「そういうことですね。まんまとやられたってわけです」

膝を叩きながら、吉次郎は笑い続ける。

「けど、誰も疑わなかったんですよ。あんまりにも堂々と嘘を吐いていたから。まあ、いなくなったあとに、師匠は山師め、って顔を真っ赤にしてましたけどね」

壱之介は口を閉じた。山師……。喉元で、そうつぶやいていた。

第四章　追跡

一

着流し姿で、壱之介は四谷大木戸をくぐった。
ゆっくりと稲毛屋の前を通りながら、横目で店を見る。金右衛門の姿はない。
奥にいるのだろうな、と思いながら、壱之介はそっと目を動かした。
小人目付の姿も見当たらない。どこかで、密かに見張っているのだろうか……。
壱之介は顔を伏せて、稲毛屋を通り過ぎた。
その足で宿場の外れまで来ると、壱之介は横を見た。
ひひーん、と馬のいななきが聞こえたからだ。
馬小屋に、何頭もの馬がいる。そこにも稲毛屋の看板が下げられていた。

ここが馬宿か……。壱之介は寄って行った。

宿場には、必ず馬宿が置かれている。公儀の伝馬《てんま》として使われることもあるためだ。急ぎの知らせのために、公儀の役人が宿場から宿場へと乗り継ぐこともある。また、公儀の荷運びに引き出されることも珍しくない。

その馬小屋を利用して、人の馬を預かることもする。旅の者が泊まりの際、自分の馬を預けるのだ。宿屋によっては、馬を預かるところもあるが、そうした場所を持たない宿では、馬宿を紹介するのが常だ。

壱之介は馬を遠くから見た。

たてがみを揺らしながら、飼い葉を食《は》んでいる馬もいる。

そういえば、ずいぶん馬には乗っていないな……。胸中で思う。

新番士は、出仕などで馬に乗ることは許されていない。が、将軍御成《おなり》の際、騎乗の必要があるときには、乗ることが許されている。ために、屋敷では飼っていないものの、乗馬の修練をしたことはあった。

懐かしさを抱きながら馬を眺めていると、すぐ背後から声が聞こえてきた。

「けど、上方で商売なんかできるのかい」

「さあ、そいつは行ってみなけりゃわからない。けど、倹約令はこの先三年も続くんだろう。そっから、もっと延びるかもしれないじゃないか。首を括ることになってからじゃ、遅いってもんだ」

壱之介はそっと振り向いた。

菅笠《すげがさ》を被り、大きな荷物を背負った男が、口を尖らせている。

手に風呂敷包みを抱えた男が並んでいる。

「そらそうだがよ、上方の商売人は抜かりがないっていうじゃないか」

「ああ、そうは聞いているけど……ま、大坂《おおさか》でだめなら、堺《さかい》に行ってみるさ。そこもだめだったら、摂津《せっつ》や赤穂《あこう》に行ったたっていい。あっちこっち歩いてみるさ」

「おめえは呑気だなぁ」

言われたほうは、ははは、と笑う。

「けどよ」包みを抱えた男は首をひねった。

「上方なら東海道《とうかいどう》のほうが近かろうよ」

「ああ、いいんだ。おれぁ、信州の善光寺《ぜんこうじ》に寄りてえんだ」

甲州街道は信州の下諏訪《しもすわ》で中山道《なかせんどう》と合流する。

「善光寺ぃ？」

「おう、死んだおっかさんが、よく言ってたのさ、いっぺん、善光寺にお参りに行ってみたいってな。だから、善光寺でお経を上げてもらうのさ」

「そうか……そいつはいい孝養にならあな。よし、そいじゃ、高井戸宿《たかいどしゅく》まで送ってやらぁ」

「へ、いいのかい、おれぁうれしいけどよ」

「いいとも、いつ戻って来るかわかんねぇんだろう。名残惜しいってもんじゃねぇか」

「すまねえな」

男は顔を見合わせながら、道を進んで行く。

ふむ、と壱之介は辺りを見渡した。

同じように大きな荷を背負い、菅笠を被った男らが三人、やって来る。

「江戸ともおさらばだな」

「おう、けど、未練はないぜ」

「そうさ、江戸じゃなくっても生きちゃいけるんだ。我慢してまでしがみつくこたぁないさ」

「おうよ」

「目指せ、中山道、ってな。ついでだから、加賀《かが》にも寄ってみようぜ」

「そいつはいいな」

「けど、雪が積もるんじゃねえか」

三人はわいわいと話しながら、西へと向かって行く。

それと行き違いに、入って来る旅人もいる。が、出て行くほうが大きな荷物を負っているため、目を引く。

ふうむ、と壱之介は眉間《みけん》を狭めた。これは、上様にお伝えしたほうがよいな……。

行き交う人々を見ながら、宿場の賑わいの中に戻った。


水茶屋の長床几《ながしょうぎ》に座ると、壱之介はやって来た娘を見上げた。

「茶と団子を頼む」

はい、と戻って行く娘と入れ違いに、おかみと見える女が盆を持って出て来た。

向かいの客に盆を置きながら、おかみは愛想よく話をする。

ふむ、と壱之介はその顔を見つめた。話が聞けそうだ……。

「頼む」

壱之介はおかみに向かって手を上げた。

「はい」と女将は笑顔でやって来た。

「今、茶と団子を頼んだのだが、饅頭はないだろうか」

「ありますよ、じゃ、お饅頭も一緒にお持ちしますね」

おかみは奥へと走ると、すぐに戻って来た。

「はい、お茶とお団子、それにお饅頭」

盆を置くおかみに、壱之介は笑みを作った。

「聞いたのだが、稲毛屋の主は名の知れた粋人《すいじん》らしいな」

ああ、とおかみは稲毛屋を振り返って頷く。

「さいですよ。狂歌やら戯作やら、いろいろとやってて、平秩東作ってえ名で知られてるんですよ」

「ほう、どのようなお人なのだ」

壱之介の問いに、あら、とおかみは笑顔になった。

「いいお人ですよ、この辺りじゃ分限者《ぶげんしゃ》だけど、偉ぶらないし、あたしらのことだって、なにかと助けてくれるし」

「ほう、山師などと言われているとも聞いたが」

「ああ、そりゃ」おかみは手を振る。

「いろいろ派手にやってるからでしょ、吉原に上がったりもしてるらしいし、蝦夷まで行ったっていうし。ま、口八丁《くちはっちょう》なところもあるんで、どこまでが嘘かほんとかわからないから、なにかと言われやすいんでしょうけどね」


「ほう、なるほど」

壱之介は目顔で微笑んだ。

おかみは、奥から呼ぶ声に「はあい」と答えて、去って行く。

壱之介は団子を頰張りながら、稲毛屋に目を向けた。評判はよいのだな……。金右衛門のにこやかな面持ちを思い出す。

皿を空《から》にすると、壱之介は立ち上がった。

ゆっくりと稲毛屋のほうへと歩き出す。

と、壱之介は目を見開いた。道の向こうからやって来たのは、見知った姿だった。

大田南畝だ……。

壱之介は下を向き、身体を回した。

顔を少しだけ上げて、こっそりと目を動かす。

南畝は稲毛屋へと入って行った。

壱之介も稲毛屋へと近づく。が、あ、と壱之介は息を吞んだ。

南畝のあとから、武士の姿が現れたからだ。

徒目付……。

壱之介は咄嗟に、横の店に飛び込んだ。

一膳飯屋だ。

「らっしゃいまし」

主が出て来る。

その声に頷いて、壱之介は窓際の小上がりに寄った。

ここでよいか、と目顔で店の主を見ると、へい、と主も目顔で頷く。

壱之介は小上がりの壁に寄り、そっと窓を覗いた。

斜め向かいは稲毛屋だ。

壱之介は慌てて首を引っ込めた。

徒目付が窓の外に立ったのだ。

店の主がやって来る。

「なんにしましょう」

壱之介は小声で返す。

「飯と菜を見繕ってくれ」

へい、と主は戻る。

壱之介は窓の下に背中をつけて、気配を窺った。徒目付に動くようすはない。

そこに、足音が近寄って来るのがわかった。

「武藤《むとう》様、ご苦労様でございます」

足音が止まり、声が上がった。

壱之介は息を呑む。声は小人目付のものだった。

やはり、どこかで見張っていたのだな……。息を抑えて、壱之介は耳を澄ませる。

「ほかに誰か来たか」

徒目付の声だ。ふむ、名は武藤というのだな……。壱之介は息を抑える。

「いえ、今日は誰も」

小人目付の声に、武藤の声が返った。

「そうか、なればいつものように一刻もすれば帰るであろう。わたしはこれで引き揚げる。あとは平九郎《へいくろう》、そなたが見張れ」

「承知しました」

そうか、と壱之介は唾を呑み込む。小人目付は平九郎、か……。

武藤が動く気配が立ち、窓から離れて行くのが伝わって来た。

平九郎の気配も離れて行く。

足音が去るのを待って、壱之介はそっと窓を覗いた。

すでに武藤も平九郎も、姿は消えていた。

ふうっ、と息を吐いて、壱之介は壁に寄りかかった。

やれやれ……しかし、収穫だ……。肩の力が抜けていく。

店の奥から、魚を煮付ける醤油の匂いが漂ってきていた。

二

江戸城、中奥。

廊下で控えていた壱之介の前に、小姓の梅垣明之《あきゆき》がやって来た。

「どうぞ、中へ」

はっ、と座敷に入る。

一段高い座敷に座った家斉が顔を上げげた。

「おう、近う参れ」

頷く家斉に、壱之介は膝行する。

「上様にはご機嫌うるわしゅう……」

「ああ、そのような挨拶はよい。話をいたせ、なにかあるのだろう」

はっ、壱之介は横に控えた梅垣を、ちらりと見た。これは、聞かれてもよいだろう……。

「実は、内藤新宿に行きました折……」

商人が江戸を出て行ったことを話す。

ふむ、と家斉は手にした扇で首筋を叩く。

「そうか、景気が悪くなったゆえ、商いの場をよそに求めたのだな」

「さようかと」

壱之介は頷く代わりに低頭する。

家斉は扇を揺らす。

「ふむ、商人が減れば、この先、障《さわ》りが出るやもしれぬ。失政に繋がらぬように、気をつけねばならぬな」

家斉は眉を微妙に動かす。老中首座の政は、家斉にとって気になるところだ。

「あいわかった。この先も、町の動向に気をつけよ」

将軍の言葉に、はっ、と壱之介はかしこまる。

「ところで……」家斉は声を低めた。

「あの件はいかがなっている」

そっと顔を上げた壱之介は、家斉と目が合う。土山宗次郎のことだ、とその目顔で通じ合った。

壱之介は目を伏せつつ、さらに膝行して間合いを詰めた。

「親しくしていた者らから話を聞いております。皆、行方は知らぬと申していますが、そこに嘘偽りがないか、と言えばそうとも思えず……なかでも深く関わりのあった者を、さらに探ろうと考えております」

「さようか」

「手間がかかっており、申し訳ありません」

低頭する壱之介に、なに、と家斉は首を振る。

「行方をくらましてから、しばらく経っていると聞いた。目付も動いているというのに、見つけ出せていないのだ。焦らずともよい」

「はっ」

壱之介は少しだけ肩の力を抜いた。

家斉は、「明之」と小姓を見た。

「壱之介に、また金子を渡すがよい」

はっ、と梅垣が立ち上がる。

「あ、いえ」壱之介は掌を向けた。

「以前にいただいた分が、まだ手元にありますゆえ」

「いや」家斉が首を振る。

「多くの者と会うのであれば、なにかと要りようになろう」

家斉の目顔に、明之は頷いて出て行く。

恐縮しつつ、壱之介は柳橋を思い出していた。料理茶屋の払いは、父がしてくれていたのが気にかかっていた。ありがたい、これで返せる……。

家斉は小さく首をかしげる。

「ほかになにか不自由はないか」

「いえ」壱之介は顔を上げる。

「十分でございます」

家斉は「そうだ」と身を乗り出した。

「もそっと近うに」

はあ、と膝行していくと、家斉は腕を伸ばした。

「この扇を進ぜよう」

たたまれた扇の持ち手を差し出してくる。

「え、いえ、そのような……」

「よい、持って行け。なにかの役に立つやもしれん」

突きつけられた扇に、壱之介は思わず手を上げ、受け取った。

「では……ありがたく拝領いたします」

「そうかしこまることはない」家斉は口元で小さく笑う。

「そなたは昔、よく庭の蟬《せみ》を取ってくれたではないか」

西の丸には広い庭があり、少年にとってはよい遊び場だった。

はっ、と壱之介も笑顔になる。

そこに、廊下から足音が戻って来た。

梅垣明之が、小さな包みを手に入って来た。


屋敷の部屋で、壱之介は耳を澄ませていた。

と、その腰を上げた。

「おかえりなさいませ」

母の声が聞こえてきたからだ。

廊下に父と母の足音が響く。二人が壱之介の部屋の前を通って行く。

父の部屋から、着替えを手伝う母とのやりとりが聞こえてくる。

その母が出て行き、静かになった。

壱之介は部屋を飛び出し、「父上」と部屋へと走った。

「なんだ、どうしたというのだ」

障子を開けた父が、眉を動かす。

壱之介は中へと滑り込むと、懐に手を入れた。

「これを見てください」扇を取り出す。

「今日、上様から賜ったのです」

言いながら、それを広げた。

「おうっ」

父は目を丸くした。

扇には大きく葵《あおい》の御紋《ごもん》が記されている。

「ふうむ、銀泥《ぎんでい》だな」

父は、鈍い銀色に輝く御紋にそっと指で触れながら、覗き込む。

「どうしましょう」壱之介は父を覗き込む。

「ただの扇かと思って頂戴してしまいました」

狼狽《うろた》える息子に、父は苦笑を向けた。

「かまわぬであろう、どこぞの大名からの献上品に違いない。そなたの身の助けとなるやもしれん」

「はあ……上様も役に立つやも、と仰せでしたが」

壱之介は大きな息を吐いた。

「うむ、心強いわ」

父は扇を手に取って、目の前に掲げた。

壱之介は肩を落として、面持ちを弛めた。

「では、家宝といたしましょうか」

「いや、持ち歩け」父は首を振る。

「そのほうが、上様のご意向に適うはず」

父は扇をたたむと、息子に戻した。

受け取った壱之介は、そうだ、と父を見返した。

「教えていただきたいことがあったのです。徒目付と小人目付では、ずいぶんと格が違うのでしょうか」

うむ、と父は腕を組む。

「そうさな、徒目付は一〇〇俵五人扶持の御家人だが、小人目付は確か一五俵一人扶持であったはず。格も士分ではなく中間の身分だ」

「そうですか」

壱之介は内藤新宿でのやりとりを思い出していた。徒目付の武藤と小人目付の平九郎では、身分の違いが明らかに見て取れた。

父は顎を撫でる。

「徒目付は御家人身分では、最高位の役と言ってよい。しかし、小人目付から出世することもできると聞いている」

「え、そうなのですか」

「うむ、徒士からの出世もあるらしい。徒目付は探索、監察の才が必要であるから、才覚を発揮すれば、登用の道があるということだ」

「なるほど」

顔を伏せる壱之介を、父が見つめる。

「関わりができたのか」

「はあ、少々」

「ふうむ」父の眉が寄る。

「目付の配下は、普通の役人とは違う。小人目付などは拷問や刑罰に携わることもあると聞く。侮《あなど》るでないぞ」

拷問、と壱之介はそっと唾を呑んだ。

「はい、心得ました」

礼をして、壱之介は腰を浮かせる。と、それを途中で止めた。

「あ、そうだ、父上、菅笠をお持ちでしたよね」

「うむ、物置にあるぞ。使いたいのか」

「はい、宿場町には笠を被った者が多いので、こちらも顔を隠すのにちょうどよいかと。では、お借りします」

立ち上がった息子を、父は苦笑しながら見上げた。

「そなた、だんだん隠密のようになっていくな」

父も立ち上がると、壱之介の肩をつかんだ。

「気をつけるのだぞ」

「はい」

壱之介は父を見返して、深く頷いた。

三

菅笠を被って、壱之介は内藤新宿の道に入った。

ふむ、これはよい……。笠の内から、周囲を見渡す。小人目付の姿は見えない。が、どこかで見ているはずだ……。菅笠を目深にして歩く。これならわかるまい、と壱之介は口元を弛めた。

道を行き交う人にも、笠を被った旅姿が多い。が、壱之介は笠だけで、いつもどおりの羽織袴だ。宿場町に遊びに来る武士には、その姿が多い。

頭上の日はすでに高くなっていた。朝立ちの旅人はすでに通り過ぎており、入って来る旅人が目につく。

壱之介は稲毛屋を横目で見ながら通り過ぎ、馬宿の所まで行く。と、時の鐘が鳴り響いた。四つ刻（午前十時）を知らせる鐘だ。

壱之介は踵を返し、稲毛屋へと戻り始めた。

その道の途中で、壱之介ははっと息を呑んだ。

前から金右衛門が歩いて来る。

壱之介は笠の内からそっと横目で見た。

手ぶらの着流しに羽織の姿だが、脇差しを差している。

どこへ行くのだろう……。すれ違う金右衛門を見ていた壱之介は、また息を呑んだ。

金右衛門の後ろに、小人目付の平九郎が歩いていた。前と同じような町人姿で、やはり脇差しが羽織の下から窺える。

壱之介は笠を伏せがちにして、すれ違う。

しばらく進んで、壱之介はそっと振り返った。

金右衛門は街道をそのまま進んでいる。その背後を、間合いを取った平九郎が尾けて行く。

壱之介はゆっくりと踵を返し、二人のあとに続いた。

宿場町を抜けて、なお金右衛門は歩き続ける。一度も振り返らずに進んで行く。

尾けられていることに気づいていないのだな……。

平九郎も振り返っては来ない。よし、やつもこちらに気づいていないな……。壱之介は二人の背中を見つめながら、歩き続ける。

道の周囲には田畑が広がり、農家がそこここに見える。刈り取ったあとの稲田は茶色く、畑には大根の葉が青々としている。遙か遠くには、連なる山々が見晴らせた。

広大な武蔵野《むさしの》の光景だ。

いったいどこまで行くつもりだ……。壱之介は胸中でつぶやいて、そっと唾を呑んだ。もしや、土山宗次郎の所か……。そう思うと、腹にも足にも力が入った。

やがて、道の先に小さな町が見えてきた。

高井戸宿だな……。壱之介は笠を上げて見た。

旅籠や水茶屋、飯屋などがぱらぱらと建っている。が、行き交う人の多くは止まることなく通り過ぎて行く。内藤新宿ができてから、高井戸宿は素通りされることが多くなっていた。

おや、と壱之介は足を緩めた。

金右衛門が飯屋に入って行った。

平九郎は少し先の水茶屋に腰を下ろす。

ううむ、どうするか……。壱之介は飯屋も水茶屋も通り過ぎて、さらに先の団子屋の店先に向かった。軒下の床几で、旅人が団子を頬張っている。

壱之介は店の中に入る。思ったとおり、中にも床几があった。

座って団子を頼むと、外の道を見つめた。

みたらし団子を頬張りながら外を見ていると、お、と目を見張った。

金右衛門が前を通り過ぎて行く。尻ばしょりをした股引《ももひき》姿になっている。手には手甲《てっこう》も見える。肘から手先までを覆う、旅装束の一つだ。

慌てて団子を飲み込んで、息を詰める。

平九郎の姿が現れた。やはり尻ばしょりに姿を変えていた。

二人を見送って、壱之介は外に出た。

旅姿になって、どこまで行くつもりなのか……。壱之介も歩き出す。

足下で袴が擦れ、足捌《あしさば》きの邪魔をする。

しまった、と壱之介は腹の底で舌打ちをした。せっかく笠を被ったのだから、裁着《たっつけ》袴《ばかま》にすればよかった……。

街道を歩く旅の武士は、裾を脚絆《きゃはん》でしぼった裁着袴をつけている。足捌きは軽やかだ。

高井戸の宿場を抜けて、街道はさらに西へと進む。

その先に、また小さな町がちらほらと見え始めた。

道沿いに、そうした町が点在する。

ここはどこだ……。壱之介は笠越しに覗く。甲州街道は初めてだった。

しかし、と壱之介は息を整えながら、先を行く金右衛門の背中を見つめた。内藤新宿を出てから、足取りはほとんど変わっていない。なんという健脚だ、さすが蝦夷にまで旅しただけのことはある……。

その金右衛門の後ろを、平九郎はやはり遅れを見せずについている。

壱之介は、なんの、と気合いを入れて、道を踏みしめた。どこまでもついて行くぞ……。

が、はた、とその足を止めた。いかん、と息を吞む、明後日は十一月二十四日ではないか……寛永寺へのお供はどうする……。

しばし考え込んでから、前を向いた。いや、お供はわたしなぞいなくともなんの障りもない、こちらのほうが大事だ……。

息を吸い込んで歩き出す。

日は頭上から、西へと傾き始めていた。


道は町へと入った。

道の脇に府中《ふちゆう》宿《しゆく》の字が見える。

壱之介は目を動かした。旅籠が並び、飯屋や小間物屋、古着屋などもあり、人が行き交っている。

日はすでに低く落ち、辺りは黄昏の薄闇が広がっていた。

旅籠の前では客引きの娘らが立ち、旅人の袂を引っ張っている。

壱之介は前を行く二人の姿に目を向けた。と、金右衛門が向きを変えた。

娘の声に誘われるように、宿屋に入って行く。

ふむ、そこに泊まる気か……。壱之介は宿屋を見た。と、その目を平九郎に向けた。

平九郎は、向かいの宿屋へと入って行く。

なるほど、向かいから見張る気だな……。壱之介はそっと頷く。

二軒のあいだを通り抜けながら、さて、と壱之介は辺りを見回した。少し先の宿屋を取れば、出て行くのを見張ることができよう……。そう考えながら、並ぶ宿屋を見る。

「うちにどうぞ、いいご飯が出ますよ」

娘が声を高めて、手招きをする。

二階があって、道を見渡せそうだ。が、壱之介はそこを通り過ぎた。

その前に……。店を順に覗き込むと、壱之介は一軒の古着屋に入った。

「らっしゃいまし」

主が皺を動かして手を揉む。

壱之介は並んだ着物などを見渡しながら、己の足下を指で差した。

「脚絆がほしいのだが」

「はあ、脚絆ですか」

主は壱之介の袴の裾を見ると、座敷へと上がって棚へと手を伸ばした。小さな行李《こうり》を取り出すと、それを上がり框に置いた。

「その袴にお着けなさるんでしたら……」

蓋を開けて畳まれた脚絆を取り出す。

「これなんぞ大きめで、よいかと。どうぞ、お試しを」

「ふむ、では」

壱之介は腰を下ろすと、右足に脚絆を巻く。袴が絞られ、紐も上手く巻くことができた。

「おう、これはよい」

壱之介は左足にも巻き始めた。

主はにこにこと頷く。

「この先は小仏関《こぼとけのせき》もありますんで、脚絆がないと峠越えは難儀なさいますよ」

「小仏……大層な峠なのか」

「箱根《はこね》ほどじゃありませんけど、まあ、山は山ですんで」

うんうんと頷く。

「そうか、ではこれをもらおう」

壱之介が懐から巾着《きんちゃく》を出すと、主はほかの行李を引っ張り出した。

「手甲はいかがです。御武家様にちょうどよいのがございますよ。手甲があれば、日よけになるし、あったかいもんです。山は冷えますからねえ」

主は行李から手甲を出して並べる。

「ふむ、そうさな」

旅装束をしていたほうが、かえって目立たぬかもしれぬ……。手甲をつけて、手を動かして見る。確かに、暖かいな……。

「よし、ではもらおう」

「はい、ありがとうございます」

揉み手をする主に見送られて、壱之介は店の暖簾を持ち上げた。と、慌ててその手を下げて後ろに引いた。

道を、金右衛門が足早に歩いて行く。

暖簾の陰から、そっと覗く。

後ろを窺うが、平九郎の姿はない。

遠ざかる金右衛門の後ろ姿に、壱之介は笠を被って店を出た。

早足のまま、金右衛門は西へと行く。壱之介は間合いを取って、尾ける。

金右衛門が向きを変えた。右の脇道へと入って行く。

む、と壱之介は足を速めて追う。

曲がった脇道は、甲州街道ほどではないが広めの道だった。両脇に小さな旅籠も建っている。

金右衛門の姿が、左側の宿屋へと消えた。

なんと、と壱之介は足を緩めた。どういうことだ……いや、そうか、金右衛門は小人目付に尾けられていることに気づいていたのか……それを撒くために宿屋に入り、間を置いて出た、と……。

壱之介は笠を深めにして、その宿屋の前を通り過ぎた。

そして、斜め向かいの宿屋へと足を向けた。よし、ここで見張ろう……。

「いらっしゃいまし」

出て来た手代に、壱之介は笠を脱いだ。

「道の見える部屋に泊まりたい。知り合いが通るかもしれぬので」

方便だ。

「はあ、さいで。なら、そこの部屋をご用意しましょう」

手代は、入り口すぐ横の部屋を指す。

「うむ、頼む。それと、朝早くに発《た》つやもしれぬゆえ、宿代はここで払っておく」

「はい、ではどうぞお上がりを」

壱之介は、よし、とひそかに頷いた。

四

夜明け前に起きて、壱之介は窓をそっと開けた。

幸い、夜気が吹き込んでも、文句を言う相客はいない。

壱之介は身支度を調《ととの》えて、斜め向かいの宿を見つめた。

空はうっすらと青味を帯びてきたが、北に向いた道には、まだ夜明けの日差しは届いてこない。

あ、と壱之介は目を凝らした。

宿屋から金右衛門が出て来たのだ。その場で、甲州街道を振り返る。人の姿がないのを確かめて、道を北へと向かって歩き始めた。

なんと、と壱之介はつぶやく。甲州街道は行かぬのか……。

窓を閉めると、壱之介も笠を被ってそっと宿屋を出た。

大きな間合いを取って、金右衛門の後ろを歩き始める。

町並みはすぐに切れ、道の両脇は田畑に変わっていった。

金右衛門は早足で行くが、壱之介はわざとゆっくりと歩く。振り返っても、目につかないように、道の端を進む。

空はだんだんと明るさを増し、東から光が差し始めた。

農家からも人が現れ、畑仕事などを始める。道を歩く人も出て来た。

壱之介は後ろを振り返る。やはり平九郎の姿はない。

今頃は、と平九郎の顔を思い起こして考えを巡らせた。まだ、宿屋から見張っていることだろう。しかし、そのうちに出て来ないことを訝って、宿屋に探りに行くに違いない。そして、泊まらなかったことを知って、慌てるはずだ……。

壱之介は小さく笑った。が、すぐに真顔に戻す。

しかし、小人目付なのだ、ほかの宿屋を探し始めるだろう。しらみつぶしに調べれば、泊まった宿屋を突き止めるはず。だが、素早く宿を変えた金右衛門のことだ、宿屋ではわざと嘘の行き先を告げたに違いない……。

壱之介は顔を引き締めた。すぐに追いつかれることはあるまいが、油断は禁物だ……。

前を行く金右衛門の背中を見つめる。

北に向かう道は、木枯らしがまっすぐに吹いてくる。首を縮めながら、壱之介は目を眇めた。この道は、どこへ続くのだろう……。

一里を過ぎたであろう頃、金右衛門が振り返った。

壱之介は気に留めぬふうを装って、そのまま歩く。

金右衛門も顔を戻して進んで行く。

やがて、道の横に広場が現れた。日によっては市が立つらしく、小屋や店が並んでいる。

金右衛門は、乾物が並べられた店へと入って行った。ちらりと目を向けてきたのを、壱之介は察した。

やはり、怪しまれていたか……。思いつつも、そのまま歩き続けた。金右衛門は、ここでわたしをやり過ごそうというつもりなのだろう……。

振り返ることなく、壱之介はそのまま道を進む。さて、どうするか……。

しばらく進むと、壱之介は畑の中へと目を向けた。一軒の百姓家が建っている。

おう、これは、と壱之介はあぜ道に足を入れ、家に近づいて行った。

家の壁に大きな蓑《みの》がかけられていた。戸の内からは、なにやら叩く音が聞こえてくる。

「許せ、誰かいるか」

壱之介は菅笠を取りながら声をかけて、戸を開けた。

中の土間では、二人の親子らしい男が座っていた。目を丸くして、壱之介を見る。

「な、なな、なんでやしょう」

立ち上がった若い男に、壱之介は外の壁を指で差した。

「そこにかかっている蓑を譲ってほしいのだ。風が強くて難儀をしている」

男はほっとした顔になって、外の蓑を持って来た。

「ええ、ようがんす」男は座って藁《わら》を叩く男を見た。

「これはおっとうが作ったもんで」

そうか、と壱之介は懐から巾着を取り出した。と、それを広げて、はた、と顔を上げた。四文銭《よんもんせん》があるが、多くはない。

「ふむ、それと」壱之介は土間に積んである草鞋《わらじ》を指さす。

「それも二足、もらいたい。履き物が傷んでしまったのだ」

遠出になるとは思わなかったために履いてきた草履は、鼻緒が千切れそうになっていた。足を上げて見せる壱之介に、男は笑顔になった。

「そりゃ、お困りのことで。どんぞ、おっとうの編んだ草鞋は丈夫でがんすから」

壱之介は壁に目を留めた。大きな菅笠がかかっている。

「ほう、これはよい」つかつかと寄って、手に取る。

「この笠をわたしのと取り替えてほしい」

自分の菅笠を男に差し出す。

な、と男は手を振る。

「こんな立派な笠となんて、とんでもねえ。うちの笠は畑仕事をするときに使ってる安物で……あっちこっち、もう破れかかってまさ」

「いや、かまわぬ。ちょうど大きめの笠がほしかったのだ」

壱之介は笠を押しつけると、草鞋を手に取り、板間を目で示した。

「端を借りてもよいだろうか」

「はあ、どんぞどんぞ」

男に誘われ、壱之介は端に腰を下ろした。草履を脱いで、草鞋に替える。

「うむ、これは履きやすそうだ」

巾着を開くと、中から一朱金《いっしゅきん》を取り出した。

「細かいのがないゆえ、これで全部の分でよいか」

「とと、とんでもねえ。こんな大金、もらえません」

壱之介は顔を巡らせた。板間の囲炉裏《いろり》に鍋が下げられ、横の五徳《ごとく》に鉄瓶《てつびん》が載って湯気を立ち上らせている。

「よい、取ってくれ。その分、白湯《さゆ》ももらえようか。それと、水を入れる竹筒があれば、それも譲ってもらいたい」

「ああ、へえ、そんなら」男は板間に上がって竹筒を取り上げる。

「洗って水を入れてきますんで。おっとう、白湯を差し上げてくんな」

出て行く息子に頷いて、父親が板間に上がる。

木の椀に湯を注ぎながら、父親は壱之介を見た。

「お侍さま、猪鍋《ししなべ》も食べなさるかね」

猪鍋、と壱之介は下げられた大きな鉄鍋を見る。

「これは、昨日もらった猪を煮込んだもんで」

父親が木の蓋を取ると、たちまちによい匂いが立った。壱之介の腹が鳴る。

「いただこう」

思わず板間に上がり込みながら、これはちょうどよい、と考えていた。ここで時を稼げば、金右衛門が追い越してゆくはず、またあとを尾けることができる……。

「ほんなら、どんぞ」

父親は湯気の立つ椀を差し出した。

湯気と匂いに顔を埋め、壱之介は箸を取った。味噌で煮た肉や牛蒡《ごぼう》、里芋《さといも》などの味が口中に広がる。

「おう、これはよい味だ。猪は初めてだが」

口から湯気を漏らしながら、笑顔になる壱之介に、父親も笑う。

「そうかね、そいつはようがんす」

戻って来た息子が「やや、おっとう」と座る。

「そんなもん、お侍さまに……」

いや、と壱之介は首を振る。

「実に旨い。おかわりをもらえようか」

壱之介は二杯目もゆっくりと平らげた。

くちくなった腹で、壱之介は土間に立った。

「いや、助かった」

「いんえ、こっちこそ」

男は受け取った一朱金を、額の前に掲げる。その顔を上げると、眉を歪めた。

「この先、追い剝ぎが出るかもしれねえんで、山道には入らないほうがようがんす」

「追い剝ぎ、とな」

「へえ、よそからやって来たごろつきなんぞが、悪さをすることもあるんで」

「そうなのか、うむ、気をつけよう」

壱之介は頷いて外に出ると、大きな菅笠を頭に載せた。大きな蓑も身体に被る。よし、これで金右衛門には違う者に見えよう……。

あぜ道を通って、壱之介はまた道へと戻った。

早足になって、北へと進む。

しばらくして、あっ、と壱之介は声を漏らした。

道の先に、金右衛門の後ろ姿が見えた。

北への道はそのまま続いていた。

壱之介は頭上の日を見上げた。府中を出てから、もう四里ほどは来たろうか……。

左手に遠く見えていた山々が、だんだんと近づいて来ていた。

金右衛門はさすがに歩みが遅くなっていたが、健脚ぶりは変わらない。

と、その向きが変わった。

左の道へと曲がったのだ。

田畑を貫く道だが、先にはうっそうとした雑木林も見える。その陰に、金右衛門の姿が消えた。

壱之介は辻へと足を速めた。

辻に立つと、金右衛門の姿は道の先に見えた。

ほっとして、またそのあとを追った。

道の先には、左手に見えていた山脈が現れた。高い峰も見える。そして、道の左右には、小高い丘がそこここに見えている。

やがて、小さな村が見えてきた。

百姓家が点在し、道沿いには何かを商う店もある。宿屋らしい建物もあった。

ふうむ、と壱之介は見回した。昔は誰かの所領であったのかもしれぬな……。

徳川以前に滅んだ小国は、各地にある。

金右衛門は早足になった。緩やかな坂道を上がって行く。

む、と壱之介はあとを追う。気が急いているのやもしれぬ、ということは、目指す場所が近い、ということに違いない……。そう思うと、唾を呑み込む喉が鳴った。

金右衛門は道の先に建つ山門をくぐった。寺だ。小高い丘の麓《ふもと》に建っている。

壱之介は門の外から、そっと窺う。

金右衛門は石段を登って行く。上には堂宇《どうう》の屋根が見える。

壱之介も境内に入り、石段を登る。

上には、立派な本堂が建っていた。周辺には小さなお堂も点在している。

金右衛門は、本堂の奥に立つ建物へと向かっていた。僧侶の暮らす庫裏《くり》と見える。

壱之介は本堂の陰から、そっと窺う。

金右衛門が庫裏の戸口で、声をかけているのがわかった。

中から僧が現れ、深々とお辞儀をする。しばし、言葉を交わすと、金右衛門はそこを離れた。

壱之介も本堂の陰から、そっと金右衛門の姿を追った。

金右衛門はさらに勾配《こうばい》を上がる。と、竹林の近くに、小さな庵《いおり》が見えた。

壱之介は息を詰めた。

金右衛門が何やら声をかけている。すると、戸が開いた。

金右衛門は中へと入り、戸が素早く閉められた。

壱之介は忍び足で寄って行く。

息を殺して庵に近づくと、窓を見つけてその下に身を寄せた。辺りに目を配るが、人影はない。

壱之介は息を潜め、耳を澄ませた。

「真か」

男の声が聞こえてくる。

「ええ、目付の配下、ありゃあ小人目付でしょう、そいつには前から探られてましたけど、また違う者がやって来て……」

金右衛門の声だ。

なにやら、音が聞こえてくる。

「添え書きを書いてきました。これを持って、奥州に行かれるがよろしかろう。この宛名のお人は狂歌好きですから、平秩東作の名を出せば、仔細《しさい》は問わずにきっと泊めてくれるはず。で、こちらは路銀です」

「ううむ、奥州か」

「ええ、冬は寒いが、いい所ですよ。温泉があるから芸妓もいる、土山様もきっとお気に召しましょう」

土山……。壱之介は喉元を押さえた。あやうく唾を呑む音が鳴りそうになっていた。

やはり、土山宗次郎の隠れ家だったか……。壱之介は息を整えた。

「確かに」土山の声だ。

「ここの御坊らは病の養生という嘘を信じて気を使ってくれるゆえ、わたしはどうにも心苦しく、居心地が悪い。しかし、奥州となると……」

「いや、御坊に嘘を言って頼んだのはあたしなんですから、土山様は余計なことを言わずに黙っていればすむこと」

ううむ、と土山の唸る声が聞こえてくる。

「まあ、そりゃあ」金右衛門の声が響く。

「いきなり奥州と言われても、決めかねるでしょう。今晩はここに泊めてもらいますんで、ゆっくり話すことにしましょう」

「うむ、そうだな、江戸の話も聞かせてくれ」

「ええ、ようござんす。ならば、どうです、酒を買いに出ませんか。どこか店があるでしょう」

「そうさな、村に酒屋がある」

二人の立ち上がる気配が伝わって来た。

壱之介は慌ててそこから離れ、木立に身を隠した。

二人が離れから出て行った。

壱之介はさて、と眉を寄せた。どうする……。


村で見かけた小さな宿屋に、壱之介は腰を落ち着けた。

「御武家様も山口観音《やまぐちかんのん》にお参りでがんすか」

主が茶碗を置きながら、愛想のよい顔を見せる。

山口観音、と口中でつぶやきながら、壱之介は寺で見た額を思い出す。金乗院《こんじょういん》と記されていた。実はここがどこかもわからない、とは言えない。

「うむ、参拝だ。金乗院は山口観音と呼ばれているのか」

「さようで。この辺り一帯が山口ですんで。昔、桓武平氏《かんむへいし》の流れを汲む山口家が治めてて、お城もあったそうでがんす。お城は、徳川様が江戸に入った年に滅んだっつう話ですけんど」

「ほう、では、ずいぶん古くから続いていたのだな」

「んです。新田義貞《にったよしさだ》公は、鎌倉征伐《せいばつ》の折、上州《じょうしゅう》からここを通ったもんで、山口観音に武運を祈願したそうでがんす。見事、戦《いくさ》に勝ったもんで、お礼に白馬をお納めなすった、と伝わっているくらいで」

「なんと」

壱之介は目を丸くした。新田義貞とは、南北朝《なんぼくちょう》の頃ではないか、それこそ『太平記』の時代だ……。

驚くようすに、主は笑顔になって頷く。

「山口観音は、それよりもずっと昔からあるんでごぜえやすよ」

「ほう、それで参拝者も多いゆえ、こうした宿もあるのだな」

「さようで。なにしろ、武運だけでなく、お寺にはぽっくりさんという、高野山《こうやさん》から来たお地蔵様もおわしまして。このお地蔵様を拝むと、長患いをせずにあの世に逝けるってんで、拝みに来る人が跡を絶たずで……いや、御武家様はお若いから、ご用はないでしょうけんども」

手を振って笑う主に、壱之介も小さく笑った。

「いや、誰もがいずれは最期を迎えるのだから、わたしも拝んで参ろう」

はい、と主は頷く。

「せっかくですから、はあ。観音様もなんでも願いを叶えてくれるという千手《せんじゅ》観音様ですから、御利益は限りなく……近年のことですけど、狭山《さやま》観音巡礼の一番札所にもなったんでがんす」

狭山、と壱之介は胸中でつぶやいた。そうか、ここは狭山か……。武蔵野の北で、さらに北上すれば上州、という地だ。

「なれば、これは狭山茶だな」

味は狭山茶、という言葉は江戸でもよく知られている。

「さようでがんす」主は手を揉む。

「お土産にも是非。うちでも商っておりますんで」

「ふむ」

壱之介は茶をごくり、と飲み込んだ。

五

東の空がうっすらと明るくなってきた。

壱之介はすでに暗いうちから、寺の境内に入り込んでいた。少し高い所にある鐘楼《しょうろう》を見つけ、その陰から本堂とその向こうの庵を見つめていた。

吐く息が白くなる。蓑を買っておいてよかった……。そう思いつつも、首をすくめる。

と、その首を伸ばした。庵から人影が出て来た。金右衛門だ。昨日、買ったと見える合羽《かっぱ》を身にまとって、斜面を下りる。が、本堂の前で立ち止まると、金右衛門は向き直って手を合わせた。そこから向きを変え、石段を下りて行く。金右衛門は、山門を出て行った。

壱之介は顔を庵へと向けた。

息を呑み込むと斜面を下り、本堂の脇からまた斜面を上がった。

庵の窓は、ほんのりと明るい。早発ちをした金右衛門のために火を灯したのだろう。

戸口に立つと、壱之介は深く息を吸い込んだ。

と、いきなりその戸を開けた。

「ごめん」

するりと入り込んで、後ろ手に戸を閉める。

「なっ……」座敷の人影が立ち上がった。

「何者か」

土山の顔が強《こわ》ばる。

壱之介は蓑と笠を取って、座敷にずかずかと上がり込んだ。

「土山宗次郎殿」正面から向かい合う。

「わたしは新番士不二倉壱之介と申します」

「新番士……」宗次郎の顔が歪む。

「目付ではないのか」

「違います」壱之介は首を振って、畳を指した。

「話しがしたいのです、座りましょう」

先に腰を下ろすと、差していた長刀を右側に置いた。攻撃するつもりはない、という意志表示だ。

宗次郎も腰を下ろすと、正面から見据えてきた。

壱之介もその顔を見返して、喉元が揺れた。確か、年はまだ五十手前のはず……が、まるで老人のようだ……。逃亡の過酷さが見て取れた。

宗次郎は目尻の皺を動かした。

「ずいぶんと若いな、そなたが東作の言ってた探索の者か」

「はい、平秩東作……稲毛屋金右衛門に話を伺いました。お城のあるお方のご下命を受け、土山殿の居所を探しておりましたので」

「あるお方……誰だ」

宗次郎が身構える。

壱之介はそっと腹に手を当てた。家斉から賜った扇が入っている。いっそ、これを見せようか……。

迷っていると、いや、と宗次郎が口を開いた。

「言えぬのであれば言わずともよい」

壱之介は目顔で頷き、腹から手を離した。

「すみませぬ。そのお方は、御政道の先行きを案じておられるのです。勘定奉行の松本様が罷免され、印旛沼と手賀沼の干拓が取りやめとされたように、蝦夷地の探索と開拓も同じことになるのでは、と」

ふうむ、と宗次郎は眉を寄せて、肩の力を抜いた。

「そういうことか。首座となられた松平様は、田沼様のなさっていたことを、ことごとく潰すやもしれんな」

「はい。あるお方もそのように案じられています。それゆえ……」

壱之介は顔を伏せて息を吸い込んだ。が、言葉が出てこない。握った拳が、膝の上で、小さく震えた。

宗次郎はそれを訝しげに見ている。

ふうっと息を吐いて、壱之介は顔を上げた。

「土山殿にはお腹を召されるように、と」

土山の顔が変わる。口元が震え、顔の赤味が引いた。拳が握られ、壱之介の震えが移っていた。

壱之介は口を開く。

「土山殿が捕らえられ、江戸で評定にかけられれば、おそらくお命をとられることになりましょう。そうなれば、大罪人……」

顔を歪めると、壱之介は膝をつかんだ。

「これはわたしの考え……若輩者が僭越《せんえつ》ですが、土山殿が罪人となれば、これまでの仕事さえも地に落ちることになりかねません。蝦夷地の開拓も悪《あ》しきことと見なされ、取りやめとするよい口実とされるでしょう。そうなれば、これまでの労苦も水の泡。それを、避けるために……」

「あいわかった」土山が握った拳を開いた。その顔を横に向ける。

「切腹はわたしとて、考えてはいたのだ。東作に言われて江戸を……ああ、いや……東作に頼んで逃げ出して来たのだが……」

壱之介は、そうか、と思う。逃亡を言い出したのは金右衛門のほうだったのを、かばっているのだな……。

宗次郎はふっと溜息を吐いた。

「昨日は東作から奥州に逃げろと言われた。そして、今日は切腹せよ、だ……」

言いながらはっとして、目を壱之介に戻す。

「そなた、もしや、東作のあとを尾けて来たのか」

はい、と壱之介は頷く。

「小人目付も尾けていました。そちらは府中宿で撒かれましたが」

ふうむ、と宗次郎は天井を仰ぐ。その目はくすんだ天井板を貫いて、宙を見ているようだった。

「さて……」そうつぶやいて、顔を戻した。

「すぐには決心がつかぬ。ずうっと考え続けていることもあるゆえ」

壱之介は神妙に見返す。

「かような一大事、確かに……」

「うむ、考えるための時をもらいたい。一日、いや、夕刻まで待ってほしい。決して、逃げも隠れもせぬ。誓う」

まっすぐな宗次郎の眼に、壱之介は唾を呑み込んだ。どうする……。

宗次郎は東の方を指さした。壱之介が身を潜めていた鐘楼がある。

「暮れ六つには鐘楼の鐘が鳴る。そのときに戻って来てほしい。それまでには腹を決めておく」

真摯《しんし》な眼差しに、壱之介は頷いた。

「わかりました。では、暮れ六つに」

壱之介は立ち上がった。

戸口に手をかけて、振り向く。

「くれぐれもお誓い、お守りを」

「うむ。このお寺には閻魔《えんま》様もおるからな、嘘は言わぬ」

頷く宗次郎に、壱之介も返して、外に出た。

丘の斜面を下りながら、壱之介は風に揺れる竹林を振り返った。

木枯らしが葉ずれの音を鳴らしている。

さて、と山門をくぐりながら壱之介は独りごちた。

なればまた、宿を取っておかねば……。

朝出たばかりの宿をまた取って、壱之介は再び寺に戻ってきた。

誓いがあるものの、心配になっていた。

離れを遠目に眺めるが、宗次郎が出て来る気配はない。

壱之介は境内を歩き始める。

これが閻魔堂か、と立ち止まって思わず手を合わせる。

さらに歩いていると、地蔵堂に行き当たった。

振り返った姿のお地蔵様だ。

斜面を上がって来た老婆が、手を合わせて拝む。

ふむ、と壱之介はそっと近寄った。

「このお地蔵様を拝むと、ぽっくり逝けると聞いたが」

「へえ、んだで」

老婆は怯《おび》えたように身を縮める。

「ああ、怖れずともよい。わたしも拝もうかと思うただけだ」

「ああ、んだか」老婆は足を止める。

「んなら、ちゃあんと手を合わせなすったらいいがね。うちのじっさまは、いっつも拝んでたで、寝付くことなく、ぽっくりあの世に逝ったでね」

「ほう、さようか」

壱之介は空けてくれた正面に立って手を合わせた。と、顔を上げて、去ろうとする老婆に、声をかけた。

「ここのお坊様はよいお人らしいな」

はあ、と老婆は振り返る。

「そらぁ、みぃんな立派な和尚様だ。村のもんらは、頼りにしてるで」

皺の笑顔で、頷きながら下りて行く。

なるほど、と壱之介は境内を見渡した。

善良なお人らゆえ、病の養生という嘘も疑うことがなかったのだな……。


薄闇の広がる丘に、暮れ六つの鐘が響き渡った。

一つ目が鳴り終わる前に、壱之介は提灯を手にして庵に立った。

「ごめん」

「入られよ」

すぐに戻った返事に、壱之介は中へと入った。

宗次郎はこちらに向いて正座をしていた。

「お邪魔を」

上がって向かい合った壱之介を、宗次郎はまっすぐに見た。

「考えがまとまった。切腹はせぬ」

大きく息を吐いた。

え、と膝を進めようとする壱之介に、宗次郎は掌を向けた。

「聞かれよ。わたしがここで腹を切れば、事の真相を明かす者がいなくなる。となれば、どのようにでも、罪を作り上げることができよう」

あ、と壱之介は進めようとした膝を止めた。

宗次郎は顔を歪めると、言葉を続けた。

「わたしが御公儀の買米金五百両を盗んだのは真のこと。となれば、それ以前も疑われるであろう。確かに、小金を懐に入れたこともある」

壱之介は唾を呑み込む。なんということを……。

宗次郎の顔がさらに歪んだ。

「今では深く悔いている。わたしは大金を持つことに馴れ……正気を失ってしまったのだ」

「大金とは、田沼様から下された蝦夷のための資金ですか。家老の三浦殿から話は聞きました」

「さよう。それまで手にしたことのない何千両という金子に、つい、少しならと、懐に入れてしまった。吉原で使い、深川で使い、次第に歯止めが利かなくなっていった。小さな出来心が、大きな乱心を生んでしまったのだ」

宗次郎はうつむいて頭を振る。

壱之介はその顔を見つめた。分別盛りの四十代で……金とは恐ろしいものだ……。

宗次郎は顔を伏せたまま、重い声を漏らす。

「わたしが釈明をせねば、南畝が巻き込まれよう。三保崎を身請けした金をわたしが出したと言われてしまえば、ともに罪を問われることになる」

あっ、と壱之介は息を呑んだ。

宗次郎がそっと顔を上げる。

「そうなれば、勘定奉行であった松本様も、上役として罪に問われよう」

そうか、唇を嚙みしめる壱之介に、宗次郎は顔を歪めた。

「さらに南畝だけでなく、ともに遊んだお人らも、罪を着せられるやもしれん。宴に招いたものは何十人もいるのだ。東作やお仙、蔦重にも及ぶかもしれん」

壱之介は人々の顔を思い起こした。

宗次郎は眉間を狭める。

「田沼様とて、危ない。不埒《ふらち》をした金の出所が田沼様であれば、なにを言われるかわからぬ。老中首座はここぞとばかりに、さらに追い打ちをかけるかもしれん。が、田沼様は、なにも知らぬのだ」

確かに、と壱之介は唾を呑んだ。田沼様に対して私怨を持つ定信侯なれば、口実を得ればなにをするか……。

宗次郎は膝の上で拳を握った。

「ゆえに、わたしは江戸に戻らねばならない。評定所《ひょうじょうしょ》に自ら出向いて、釈明をせねば……こたびの不届きは、わたしが一人でなしたこと。南畝にも御用金など渡していない、誰も同罪の者などいない、と」

まっすぐに見据える宗次郎に、壱之介は息を大きく吸い込んだ。

なるほど、確かに、ここで切腹して果てれば、もう言い分を述べることさえできぬ、となれば、どのような罪を被せられるかわからない……。

壱之介の脳裏に家斉の顔が浮かんだ。上様、お許しを……。

ふうっと、壱之介は息を吐いた。

「わかりました」

おう、と宗次郎は身を乗り出す。

「すまぬ、そなたの役目には背くことになるが」

「いいえ、土山殿のお考えには理があります。ここで切腹されるより、江戸に戻って評定を受けたほうが、世のためになりましょう」

「うむ、かたじけない」宗次郎は背筋を伸ばす。

「どうせ死ぬのなら、これ以上の罪を重ねずに死にたいのだ」

はい、と壱之介は頷いた。南畝殿らを助けたいのだな……。

「では」壱之介は暗くなった窓の外を見た。

「明日の明け六つに発つことにしましょう。わたしも江戸までともに参ります」

「うむ」宗次郎はうつむいた。

「死出の旅、か」

壱之介は聞こえぬふりをして、立ち上がった。

六

明け六つの前に、壱之介は庵にやって来た。

「おはようございます」

ささやき声をかけて、戸を開ける。

中では、宗次郎が文机に向かっていた。

「上がって、少し待ってくれ。世話になった御坊に文《ふみ》を書いているのだ」

では、と壱之介は上がり込んだ。

すでに旅支度を調えている宗次郎は、ほのかな灯台を頼りに筆を動かしている。

それを見つめていた壱之介は、ふと、顔を巡らせた。

外から物音が聞こえてくる。

なんだ、と腰を上げようとしたとき、戸が開いた。

戸に手をかけた男は、土間に崩れ落ちる。

「金右衛門さん」

壱之介は駆け寄った。

土間に膝を突いた金右衛門が顔を上げる。目は腫れ、唇は切れ、乾いた血が顔中についている。

「どうした」

土山も飛んで来た。

金右衛門は壱之介を見上げて、指を上げた。

「あぁ……あなたさんは……」

「うむ、以前訪ねた不二倉壱之介だ。そなたを尾けて来たのだ」

ああ、と金右衛門は口元を歪めた。

「やっぱり……尾けられて、いたか」

宗次郎は金右衛門の腕を引っ張り上げる。

「座敷に上がれ、なにがあったのだ」

壱之介も手を貸して、金右衛門を座敷に引きずり上げようとする。が、金右衛門は首を振った。

「いや、それよりも早く逃げておくんなさい。追っ手がやって来る」

「追っ手……」

息を吞む宗次郎に、金右衛門は身体を回して上がり框に手をついた。

「面目ない……小人目付に捕まり、ここを白状してしまい……」

なんと、と壱之介は唾を吞み込んだ。手首にも首にも、赤黒い痣《あざ》が広がっている。

拷問をしたのだな……。

金右衛門は宗次郎の腕をつかんだ。

「すぐにここを出て、奥州に向かいなされ」

「いや」宗次郎はその手に己の手を重ねた。

「わたしは江戸に戻る」

「なんですと」金右衛門のもう片方の手が宗次郎の肩をつかんだ。

「せっかくここまで逃げおおせたのに……江戸に戻ったら、どうなるか……」

「うむ、戻れば死罪となろう。しかし、わたしは決めたのだ」

金右衛門は壱之介を見た。

「なにを言いやったか……」

壱之介はぐっと口を閉ざした。

「そうではない」宗次郎は金右衛門の手をつかんでそっと離した。

「ずっと考えていたのだ。こうするのが最善の策だ。皆に迷惑をかけずにすむ」

宗次郎は文机を振り返った。

「こうなれば、あとは頼む。そなたは御坊らに手当てをしてもらえ。そして、この文を渡してくれ。世話になった礼状だ」

「なれば」壱之介は立ち上がった。

「一刻も早く発ちましょう。江戸に戻って、自ら名乗り出るためには、ここで捕まるわけにはいかない」

「ならば、急いで」金右衛門が手を振る。

「小人目付は、江戸と近くの代官所に使いを出した。当人は自分で縄をかけるつもりで、もうこっちに向かっているはずだ」

そうか、と壱之介は思った。手柄を立てるつもりだな……。

「では、猶予《ゆうよ》はない。さっ」

「うむ」

宗次郎も立つと、大小の二本を腰に差し、合羽を身に纏《まと》った。

「すまぬな」

宗次郎は土間で金右衛門を振り返った。

「いいから」

金右衛門はさっさと行け、と手を振る。

「行きましょう」

壱之介は先に立って、境内を走り始める。

宗次郎もあとに続いた。

左右に点在する丘のあいだを縫って、壱之介と宗次郎は道を急いだ。

丘の向こうからは暁《あかつき》の光が差し始めていた。

壱之介は歩調を合わせながら、宗次郎の横顔を見る。

息を切らせながらも、前をまっすぐに見て進んでいる。

おそらく、と壱之介はここまでの道のりを思い出していた。江戸までは十里半ほど、今日中に戻ることができるかどうか……。

地面を蹴りながら、壱之介はふと、その足を止めた。

大きく曲がった道の先から、足音がやって来る。一人ではない、数人はいる。

壱之介は刀の柄に手をかけた。

「どうした」

戸惑う宗次郎の前に、壱之介は進み出た。

道に男達が現れた。

先頭を走って来たのは小人目付の平九郎だ。

後ろには、若い男達が四人、ついている。

「いたぞ」

平九郎が止まって、声を上げる。

「どっちですかい」
男らが横に進み出る。
平九郎はすっと手を上げると、宗次郎を指した。
「年を取ったほうだ」言いながら、壱之介を睨む。
「ふん、そなたも来ていたか、さては仲間だったのだな」
平九郎が刀を抜いた。
壱之介も抜き、構える。
足を踏みしめながら、壱之介は平九郎から男達へと目を移した。
役人ではない。着崩した着物から見える脚や腕には、入れ墨が見える。
そうか、ごろつきを雇ったのだな……。
ごろつきらは、懐から匕首《あいくち》を取り出した。
差してきた朝日に、刃が光る。
壱之介は宗次郎へと声を投げかけた。
「土山殿は、引いていてください」
「いや」と、宗次郎も刀を抜いた。
「ふん」と平九郎が鼻を鳴らす。

「おとなしくお縄を頂戴しろ」

言いながら、刀を振り上げた。

壱之介が踏み出し、それを受ける。

刀が重なり、壱之介は相手の刃を弾いた。

その隙に、柄を回し、峰で胴に打ち込む。

役人を斬るわけにはいかない……。そう、咄嗟の声が頭の中で響いた。

くっと、平九郎は喉を鳴らし、構え直す。

と、その顔を巡らせ、怒声を放った。

「あっちの男を押さえ込め」

「おうっ」

男達がいっせいに、宗次郎めがけて駆け出す。

壱之介は横へと飛んで、柄を戻す。と、男らに切っ先を向けた。

「来るなら斬る」

男達は止まらない。

「うるせえっ」

「やってみやがれ」

突っ込んで来た男に、壱之介は刀を振り下ろした。

腕を斬りつける。

うわっ、と声を上げて男の身体が折れる。

「このっ」

続いて走り込んだ男に、壱之介は下から刃を振るった。

二の腕を内から斬る。

「やろうっ」

二人の男が同時に、地面を蹴った。

左の男の脛を斬る。

そのまま上に振り上げた刀で、右の男の肩に斬りつけた。

男達は身を捩って動きを止める。

「この若造が」

平九郎が進み出た。

再び向き合い、じりじりと足を横へとずらしていく。

「あっ」

そこに宗次郎の声が上がった。

道の先を手で示す。

数人の男達が曲がった道から走り出して来ていた。

平九郎が振り向く。と、手を上げた。

「ここです」

しまった、と壱之介は舌を打つ。代官所の役人か……。

先頭の男は陣笠《じんがさ》を被っている。代官だ。

立ち止まると、壱之介と宗次郎を見た。

「年嵩のほうが土山だな」

「そうです」

平九郎が頷くと、代官は背後の役人に振り向いた。

「捕らえろ」

その声に、いっせいに役人が走り出す。

くっと、壱之介は刀を構え直す。一、二、三、四……六人か……。

「やぁっ」

宗次郎が刀を振り上げた。

乱れた太刀筋《たちすじ》だが、役人らは怯んで足が止まる。

「ええいっ」代官が腕を上げた。

「斬ってもかまわん」

「いや」平九郎が飛び出す。

「斬るのはわたしが」

切っ先が宗次郎を狙う。

そうか、と壱之介は唾を呑んだ。首だけを持ち帰っても立派な手柄、と思うているのだな……。

役人が壱之介にも向かってきた。

それを躱《かわ》しながら、宗次郎を見る。

だめだ、と壱之介は息を詰めた。剣が隙だらけだ……。

このままでは……。壱之介は思いつつ、役人と向き合う。

「とうっ」

壱之介は役人の刀を弾き飛ばす。

が、横で宗次郎の刀も飛んだのが見えた。

それはそうか、勘定方だ、腕が立つはずがない……。壱之介は足を止めた。

「やめよっ」

その場で大声を放つ。
「控えよ、御用である」
続けた声に、役人らの目が集まった。
壱之介は懐に手を入れると、扇を取り出した。
「見よっ」
その扇を広げた。
銀泥の葵の御紋が現れる。
皆の動きが止まった。
壱之介はそれをゆっくりと巡らせる。
「わたしは公方様の御下命によって参っている。この土山宗次郎、斬ってはならぬ」
代官が顔を強ばらせて、一歩、引く。
平九郎も目を見開いた。
役人らは、後ろに下がって行く。
ごろつきらは、走って逃げ出した。
宗次郎は首を伸ばして、御紋を覗き込む。
壱之介は腹に力を込めた。こうなれば致し方あるまい……。

扇を畳むと、壱之介は代官と平九郎を見た。

「土山宗次郎に縄をかけ、江戸に連れ行くがよい」

横目を向けると、宗次郎は呆然として壱之介を見ていた。

壱之介は大きく息を吐いた。

「わたしの役目はここまで。あとはおまかせいたす」

平九郎と代官は頷き合う。

「縄をかけよ」

代官の声に、役人が慌てて動き出す。

壱之介は宗次郎に歩み寄った。

宗次郎は背筋を伸ばして、向き合う。

「南畝や東作や、皆に、よろしくお伝えくだされ。できれば田沼様にも三浦殿にも、申し訳ないことをした、と」

壱之介は黙って頷いた。

縄を手にした役人が取り囲む。

宗次郎は不動の姿勢で縄をかけられた。

平九郎は鼻をふくらませてそれを見ている。

壱之介はその人の輪の横をすり抜けて、歩き出した。

一足早く、江戸に戻らねば……。そう考える頭の中に、家斉の顔が浮かんだ。

途中、馬を借りられるか……。思いながら走る。

朝日は、すっかり空を明るくしていた。

第五章　土壇場《どたんば》

一

「壱之介」

声とともに肩が揺さぶられた。

目を開けると、父の新右衛門が覗き込んでいた。

そうか、家だ、と壱之介は頭の中を巡らせた。

昨日、日が暮れてから家に帰り着き、膳も摂らずに寝てしまったことを思い出す。

「そら、起きろ」

はい、と壱之介が身を起こすと、父は笑顔になった。

「今日の朝餉はそなたの好物ばかりだぞ。鯵《あじ》の塩焼きまでついている」

はあ、と置かれた桶で顔を洗う。冷たい水が頭まで引き締める。

急いで着替える息子を、父は見上げた。

「多江はそなたが戻らぬあいだ、おろおろといくども門を見に行っていたわ」

「すみません。まさか遠方に行くことになるとは思わず……」

「ふむ、お役目であったのだろう」父も立ち上がる。

「首尾はどうであったのだ」

帯を締めながら、壱之介は眉を寄せた。

「それが……御下命を果たすことができなかったのです。事の決着としてはそれでよかったかと思うのですが……それを上様にどうお伝えするか、ちと怖《お》じけています」

ふうむ、と父は顎を撫でる。

「不首尾であったか」

はい、と壱之介は肩をすくめる。と同時に、腹が鳴った。

はは、と父は肩を叩く。

「まあ、朝餉を食べれば、力も湧くであろう」

廊下に出て行く父に、壱之介も続いた。

味噌汁のよい香りが、廊下に漂ってきていた。

江戸城中奥。

座敷に通された壱之介は、家斉の前に駆け寄るようにして、膝を突いた。

「申し訳ありませぬ」

額を畳につけて、低頭する。

「近うに」

家斉の声が低く響いた。

低頭したまま膝行して行くと、家斉も身を乗り出した。

「言うてみよ」

はっ、と身を折ったまま口を開く。

「土山宗次郎の居所を突き止め、対面いたしました。上様のご意向に従い、切腹を勧めたのですが……」

「聞こえにくい、面《おもて》を上げよ」

はっ、と壱之介は身を起こした。が、顔は伏せたまま、言葉を続ける。

「土山宗次郎も切腹は考えたそうです。思っていたよりも実のありそうな人柄で、深く考えてもいました。自分がそこで死ねば、余計な罪まで着せられかねないと……」

壱之介は宗次郎の言ったことを伝える。

家斉は聞き入る。

「なるほど、それは確かにありうること」

口を曲げたまま、家斉は考え込む。

壱之介は首を縮めて、家斉を窺った。

「ううむ」家斉が唸った。

「余が短慮《たんりよ》であったやもしれぬな。どう思う、壱之介」

え、と壱之介は少しだけ顔を上げた。

「わたしも上様のお考えを聞いた折には、よきご判断と思いました。されど、土山宗次郎の言《げん》を聞くと、そこにも理があると納得した次第で……」

壱之介は肩をすくめる。

家斉は面持ちを弛めた。

「そうよな」手にした新しい扇で自らの肩を打つ。

「では、土山は自ら評定の場に臨むと言うたのだな」

「はい。罪を白状する覚悟を固めていました」

壱之介は、宗次郎のこけた頬を思い出す。

「縄をかけられても、抗うようすは見せませんでした。おそらく、昼過ぎには江戸に着くことになるかと」

「ふうむ、あいわかった」家斉は扇を置いた。

「捕まったのであれば、あとは評定所にまかせるほかない。壱之介、ご苦労であった。下がって休むがよい」

「はっ」

壱之介は、ほうっと息を吐いた。


城を出て、壱之介は神田の徳兵衛長屋へと向かった。

手足を伸ばして寝っ転がろう……。そう考えると、面持ちが弛んだ。

家の戸を開けていると、「まあ」という声が飛んできた。

振り返ると、秋川兄妹の家の戸が開いて、紫乃が出て来ていた。小さな足音を立てて、駆け寄って来る。

「壱之介様、ようございました」

は、と振り向く壱之介を紫乃が手を合わせて覗き込む。

「しばらくお姿が見えなかったので、病を得て寝込んでらっしゃるのではないかと、気にかかっていたのです」

「あ、いや……」壱之介は顔が温かくなるのを感じながら、首を掻いた。

「お役目で、忙しかったもので」

「そうでしたか。吉次郎さんに尋ねても知らないとおっしゃるし……けど、お元気そうでようございました」

はい、と目元が弛む。

「あ、お上がりを……」

言いかけて、首を振った。よそさまの若い娘を、男一人の家に招き入れるわけにはいかない。

「お宅にお邪魔してもよいですか」

「はい、どうぞ」紫乃は踵を返す。

「兄は出かけてますが」

壱之介は歩き出して、ん、と戸惑った。なれば、娘一人の家に上がり込んでよいものなのか……。

が、紫乃は屈託なく戸を開ける。

「さ、散らかっていますけど」

では、と壱之介は上がり込んだ。

「今、お茶を……」

紫乃は火鉢の上の鉄瓶に手を伸ばす。

あ、と壱之介は懐に手を入れた。

「これを……土産です」

小さな茶の包みを差し出す。

え、と戸惑う紫乃の手に、包みを載せる。

「実は狭山に行っていたのです。泊まった宿の主に勧められ、買うことに……いや、飲んだら実によい味だったので」

成り行きで買って、ずっと袂に入れていた。

「まあ」紫乃は包みを両手で持って、微笑む。

「うれしい。狭山茶の評判は聞いてます。味は一番、と言いますね」

ええ、と笑みを返す。

急須に茶葉を入れ、紫乃は湯を注ぐ。たちまちに、茶のよい香りが広がった。

そこに戸が開いた。

「ただいま……おっ……」兄の友之進が急いで上がって来る。

「壱殿、無事であったか」

はい、と苦笑する。友之進が、壱之介は隠密だと思っていた、と言ったのを思い出す。

あながち間違いでもないが、そう思えば心配になるかもしれない……。

壱之介は友之進に「このとおり」と胸を張った。

紫乃が茶を湯飲みに注ぐ。

「狭山に行かれていたんですって。今、お土産にいただいたお茶を淹れたところです。さ、兄上も」

湯気の立つ湯飲みを受け取って、友之進は目を細める。

「これはよい香りだ」

口に含んで、兄妹は頷き合う。

「あ、そういえば」友之進は膝を打った。

「先刻、蔦屋さんから訊かれたのだ。不二倉の兄さんは見かけているか、と」

「え、蔦屋さんが」

「おう。なんでも、知り合いがいなくなったとかで、もしかしたらなにか知っているかもしれない、と」

そうか、と壱之介は腑に落ちた。知り合いとは、稲毛屋金右衛門のことに違いない。狂歌人としての平秩東作を、蔦屋重三郎が訪ねたのだろう、そして、何日も戻っていないと聞かされた、と……。

「では、蔦屋に行ってみよう」

腰を浮かせる壱之介を、友之進は手で制した。

「いや、今日はもう出かけなすったぞ」

そうか、と壱之介は腰を戻す。では、明日行くとしよう……。

「おかわりはいかがです」

紫乃が笑顔で急須を差し出す。

「かたじけない」

壱之介は笑みを浮かべて湯飲みを差し出した。注がれた茶を口に含むと、あちっ、と吹き出しそうになって、慌てて口を押さえた。

二

夕刻、蔦屋を訪ねると、すぐに奥へと通された。

「おう、兄さん」

広げていた本を閉じて、重三郎は目で招いた。

「土山様が捕らえられたそうだな。昨日、江戸に着いてそのまま牢屋敷に送られた、と聞いたが」

「牢屋敷に……そうですか、よくご存じで」

「そりゃあ、この江戸で起きたことは、すぐに耳に入ってくるのさ。で、兄さんは関わっていなすったのかい。何日か姿を見ていない、と秋川兄妹が言っていたが」

眼鏡越しに上目で見る。

「はい」壱之介は小さく頷く。

「実は、稲毛屋……平秩東作さんを見張っていたところ、出て行ったので、あとを尾け……」

壱之介は事の次第を語った。

「ふうん、そういうことだったのか。どうりで、東作先生もいないと思ったら。まあ、うすうす東作先生がどこかに匿《かくま》ったんだろうとは思っちゃいたが」

重三郎は眼鏡を外して、鼻を揉む。

「そう思われていたのですか」

目を見開く壱之介に、重三郎が頷く。

「ああ、東作先生は顔が広いからな。それに人好きのするお方だから、うまくごまかして頼めば、置いてくれる所はいくらでもあるだろう、と思っていたよ」

壱之介は眉を寄せる。

「まさか、小人目付に捕まるとは思っておらず、不覚でした」

「まあ、相手は上手《うわて》、ということだ。で、怪我はどんなふうだったんだい」

「あちこち痣だらけで……ですが、逃げ出して寺まで走って来たのですから、命に関わるようなことはないかと」

「そうかい」重三郎は煙管を取り上げた。

「なら、大丈夫だろう。東作の親父さまのこった、駕籠でも使って戻って来るだろうよ」

「なればいいのですが。もし、戻らないようであれば、見に行こうと思っています」

「そうさな。怪我を負わされたときには、気が昂って走ることができても、あとからどっと痛みが出るだろうしな」

重三郎は煙草の煙を吐き出す。

その煙の流れを目で追って、重三郎は天井を見上げた。

「しっかし、逃亡とは下手《へた》を打ったものだ。逃げたりしなけりゃ、お呼び出しで吟味を受けられただろうに。逃げたとなりゃ、もう牢屋からは出られまい」

壱之介は牢屋敷の塀を思い出した。

小伝馬町にある牢屋敷は、広い敷地を高い塀で囲まれ、細い濠まで掘られている。中に入ったことはないが、人の話にはよく出てくる。

牢は身分によって違い、町人の入る大牢や無宿牢、女牢や百姓牢などに分けられている。幕臣はそれとは隔てられ、お目見得以上であれば座敷のある揚《あが》り座敷、お目見得以下の者は板敷きの揚り屋に入れられる。

壱之介は宗次郎の顔を思い出すが、格子の中に入っている姿は浮かばない。

ふうっと、重三郎はまた煙を吐いた。

「あれだけの贅沢三昧《ぜいたくざんまい》をしていたお人が、火もない寒い牢屋にいるとは……つらかろうにな」

壱之介も煙を目で追う。が、首を横に振った。

「罪など犯さなければ、牢屋に入るなんてことなかったでしょうに」

重三郎の目が壱之介に向く。

「ふん、そりゃそうだ。自業自得《じごうじとく》にゃ違いない。まあ、だが、人の心ってのは弱いもんさ。とくに金ってぇ魔物に魅入られれば、簡単に搦め捕られちまうのさ」

重三郎はぽん、と煙管を打って灰を落とした。

その顔には、なんともいえない苦笑が浮かんでいた。


翌日。

内藤新宿を訪れた壱之介は、稲毛屋の店に立った。

手代らが忙しそうに客とやりとりをしている。

帳場台では、若旦那が座って算盤をはじいていた。

壱之介は手が止まるのを待つため、隅に佇んだ。と、若旦那が気づいて手を止めた。

壱之介は近寄って行く。

「主はお戻りになったか」

若旦那は渋い面持ちで頷くと、手で奥を示した。

「どうぞ」

壱之介は前と同じ廊下を奥へと行く。

「金右衛門さん」

そう呼びかけると、座敷の奥から人の動く気配が立った。

「どなたさんですかな」

「不二倉壱之介です、お邪魔します」

返事を待たずに上がり込む。

勝手に座敷に入って行くと、布団に身を起こした金右衛門がいた。

「ああ、あなたさんでしたか」

はい、と壱之介は横に座り、目を動かした。

顔にはまだ腫れが残っている。首や腕にも痣が見える。

「怪我はどうですか」

「どうもなにも」金右衛門は顔を歪めて笑う。

「まあ、あのときよりは痛みが引きましたがな」

布団の上で胡座をかくと、壱之介と向き合って顔の皺を動かした。

「あのあと、途中で捕まったそうですな。府中の宿場で騒動を聞きましたわ。あんたさんがついていれば大丈夫かと思ったのに」

しかめる顔に、壱之介は頭を下げた。

「すみません。代官が役人を連れて来たもので……」

首を縮める壱之介に、ふうっと、大きな息を吐く。

「まあ、しかたあるまい。あたしがあんたさんを撒けなかったのが、そもそもの落ち度。いや、あたしが小人目付に捕まっちまったのは、もっとでかい落ち度だ」

首を振る金右衛門を、壱之介は上目で窺った。

「あのお寺は、金右衛門さんが口利きしたのですか」

「ああ、そうさ。御坊に風流なお人がいてね、以前からつき合いがあったもんで、嘘を言って頼み込んだのよ。こんなことになるなら、初めからもっと遠くへ逃がしとくんだった」

また首を振る。

「逃げたりしなければ」壱之介は小声になった。「牢屋に入れられることはなかったのでは……」

あん、と金右衛門の半分白い眉が歪む。

「逃げなくとも、死罪は免れまいよ。刑罰で一番重いのは、お上に仇なす罪だ。おまけに土山様を用いてたのは田沼様なんだから、ここぞとばかりに潰されるのは目に見えているわ。逃げおおせれば、命だけは助かったものを」

金右衛門はぐっと手を握る。

「助けたかった、のですか」

　壱之介の問いに、金右衛門は顔を大きく上げた。

「そらそうさ。土山宗次郎は面白い男だからね。頭は切れるし、考えることはでかい。蝦夷に新たな港を開けば交易もできるってね。そこいらが田沼様と気が合ったというわけさ。それに蝦夷を拓いておけば、露西亜が攻めてきたって、防衛できるってもんじゃないか。あたしゃ、その話を聞いて、じっとしておれなくなったんだ」

「なるほど」壱之介は拳を握った。

「確かに、お城の役人は、そこまで広い目は持っていないでしょうね」

「そうだろうよ。だから、死なせたくなかったのよ。生きてりゃ、またお役目につけることだってあるかもしれないじゃないか」金右衛門は天井を仰ぐ。

「死んでしまえばそこで終わり、だ」

　壱之介は言葉を探せずに目を伏せた。

「まあ」金右衛門が顔を戻す。

「こうなっちまっちゃあ、なにもかもあとの祭り。あたしにもすぐにお呼び出しがかかるだろうよ」

　あっ、と壱之介は膝で寄った。

「そのことですが、余計なことは言わないほうがよいかと」

「ええ、土山殿は、金右衛門さんに言われて逃げた、と言いかけてやめたんです。で、自らが金右衛門さんに頼んで逃げたというふうに言い換えて……金右衛門さんに科が及ばないように、かばったのです」

「なんと」

「大田南畝殿のことも、自分は金を渡していない、と同じようにかばっていました。土山殿は、皆さんをかばって、己一人で罪を負う覚悟なのだと思いました」

むう、と金右衛門の薄い眉が寄る。

「だが、それじゃ……」

「いえ」壱之介は首を振る。

「土山殿は寺を発つ際、死出の旅、とつぶやいていました。すべて、一人で負い、果てるつもりです」

むうう、と金右衛門は腕を組んだ。

壱之介は東へと顔を向けた。城の間近にある評定所を思い浮かべた。

「すでに、吟味でそう話していることかと」

「余計なこと?」

「そうか」金右衛門は大きく天を仰いだ。

「そういえば、あのお人はめっぽう気前もよかった。最後まで、大盤振る舞いをするつもりか」

金右衛門は上を見たまま、首を振った。

三

江戸城のお濠端《ほりばた》に立って、壱之介はずっと下に見える水面《みなも》を見つめていた。内濠の西側は高い崖になっている。

濠ではさまざまな水鳥が、波紋を生みながら泳いでいた。

壱之介は、ふと、その顔を上げた。

半蔵門《はんぞうもん》から、人が出て来る。

下城の刻だ。

次々と出て来る人を、離れた所から、じっと見つめる。

その足が動いた。

大田南畝の姿を認めたためだ。

門から離れ、西へと足を進める南畝に、壱之介はそっと近づいた。

「大田殿」

振り向いた南畝は、向きを変えた。

「ああ、これは……」

幕臣らしく、礼を尽くして頭を下げる。相手が年若であろうとも、御家人は旗本の下位であることは変わらない。

「先日はお邪魔いたしました」

壱之介も年上に対しての礼で、頭を下げる。と、その顔を上げた。

「途中までご一緒してもよいでしょうか」

「どうぞ」

南畝は踵を返して歩き出す。

前を見たまま横目を向けると、南畝は小さな声で言った。

「土山様のことですかな」

「はい」壱之介も低い声を返す。

「実は、平秩東作さんを見張っていたところ、甲州街道を歩き出したので、あとをついて行ったのです。もしや、土山宗次郎殿の所へ、と思いまして……」

「なんと」南畝が顔を向ける。

「では、東作先生が土山様を匿っていた、と……」

驚きの面持ちに、壱之介は、やはり、と思った。南畝殿は知らされていなかったのだな……。

はい、と壱之介は頷く。

「行き着いたところは狭山の山口という所で……」

すでに二度も話したため、言葉はなめらかに出てくる。

ううむ、と南畝は唸った。

「そういうことであったか……」

うつむきがちに歩みを進める。

二人は外濠に建つ牛込御門へと向かっていた。

壱之介はその横顔を見る。

「昨日は平秩東作さんを訪ねました。まだ怪我は癒えておられませんでしたが、無事に戻られていました」

「そう、でしたか。それはなにより」南畝は顔を上げた。

「実は土山様が捕らえられたらしい、という噂が飛び込んできたので、東作先生の所に参ったのだが、不在であったゆえ、心配していたのです」

ふうっと、南畝は息を吐いた。

「土山殿は、皆さんのこと、ひときわ大田殿のことを案じておられました。己の罪に巻き込まれるのではないか、と。そのためでしょう、身請け金は渡しておらぬ、とわたしにも強く言われました」

え、と南畝の顔が歪んだ。

「そのように……」

はい、と壱之介は頷く。

「平秩東作さんのことも、同じようにかばっておられました。自分が逃亡を頼んだ、と。評定の場でも、それを通すお考えだと思います」

目顔で頷く壱之介に、南畝は目を細めた。

「そこもとは、それを知らせに来てくださったのか」

壱之介は黙って頷く。

そうか、と南畝はまた顔を伏せた。

「土山殿は」壱之介がささやく。

「悔いている、と言っておられました」

くっと、南畝の喉が鳴った。

そっと窺うと、拳を強く握っているのが見えた。

「わたしこそ」南畝が掠れた声を漏らす。

「恥じている。土山様の尻馬に乗って、遊蕩三昧などにうつつを抜かし……」

南畝はその目を上に向けた。

「本当は、大金の出所に疑念を抱いていたというに……」

その顔を歪めて、横に振る。

壱之介の耳に、ふと蔦屋重三郎の言葉が甦った。

〈まあ、だが、人の心ってのは弱いもんさ〉

土山宗次郎の言葉も思い出し、壱之介は南畝に向いた。

「こたびの不届きは己一人でなしたこと、とそう仰せでした」

南畝が目を歪める。

南畝は黙って天を仰いだ。

空には、灰色の雲が、幾重にも重なっている。

道の先には牛込御門が見えてきた。

「では」壱之介は立ち止まった。

「わたしはここで失礼します」

礼をする壱之介に、南畝は向き直った。と、

「かたじけのうござった」

そう言って、深々と腰を曲げた。


「壱之介、腕を伸ばしてごらんなさい」

母に言われるままに、壱之介は両腕を伸ばした。

母は肩から腕にかけて、反物《たんもの》を当てる。

「この色がよいかしら。それとも……」

畳に置いていた反物を持ち上げ、そちらをかけ直す。足下には、ほかの反物も並んでいる。呉服屋が置いて行ったものらしい。

「好きな物をお選びなさい」

微笑む母に「いや」と壱之介は首を振った。

「よいですよ、羽織も着物もたくさんありますから」

まあ、と母は眉間を狭めて、身を翻した。

置いてあった羽織を手に取ると、息子の目の前に広げる。思いがけず旅になった探索の日に、着ていた物だ。

「ごらんなさい。ここも、そら、こちらも、あちこちほつれて、ここなんて、切れてるじゃありませんか」

広げて、目の前に突きつけられる。

はあ、と壱之介は肩をすくめた。そうか、ごろつきや役人と斬り合いになった折に、傷めたのだな……。

母はキッとした眼で息子を見上げる。

「上様のお側に上がる者が、このような物を身につけていてはなりません」

ふうっと、母は息を吐いて羽織を丸める。

「どのようなお役目を果たしたのか知りませんが、荒事は避けるのですよ」

「はあ、なれど、荒事は相手から仕掛けられるので、己の意にはならず……」

母の顔が曇るのを見て、壱之介は慌てて首を振った。

「ああ、いえ、仰せのとおり、気をつけます」

にっと笑顔を作ると、母はやっと目元を弛めた。

そこに表から足音が響いた。

「あら、殿のお帰りだわ」

母が廊下に出て行く。

足音で誰かわかるのか、と感心しながら、壱之介もついて行く。

玄関から上がった父は「おう」と息子を見た。

「ちょうどよい、話がある」

はい、とついて行くと、母は遠慮をして廊下で見送った。

父の部屋へと入ると、立ったまま息子を振り返った。

「土山宗次郎殿のお沙汰が下りるそうだ」

「え、いつですか」

「十二月の五日だ」

五日、と壱之介は口中で繰り返す。

父は羽織を脱ぎながら、言葉を続けた。

「自ら進んで、罪を白状したそうだ。ゆえに、吟味に手間取ることなく、評定は早くに決着がついたのだろう」

「そうですか」

壱之介は天井を見上げた。これで、終わるのか……。

いや、とその顔を戻す。周りの人々がどうなるか、まだわからない……。

大田南畝や平秩東作、蔦屋重三郎やお仙らの顔が浮かんでいた。

それに、と思う。もう一軒、いや二軒、行かねば……。

四

田沼家の裏門から、壱之介はそっと入った。

以前は屋敷の中にあった人の気配が、ほとんどなくなっている。そうか、家臣らの多くは去ったのだな……。

そう思いを巡らせながら、壱之介は庭へと回った。

家老の三浦の部屋を目指す。

以前と同じように近づくと、閉められた障子の内から人の声が聞こえてきた。

壱之介は足を止め、庭に佇んだ。

やがて、障子が開いた。

中から男が出て来る。と、内にいる三浦がこちらを見た。

出て来た男が障子を閉めようとするのと、三浦が手を上げて止めるのが見えた。

男は頷いて、廊下を去って行ったため、壱之介は屋敷に近寄って行った。

三浦が頷いて、目顔で招く。

壱之介は沓脱ぎ石で草履を脱ぐと、上がり込んだ。

「いきなりですみません」

膝を着こうとする壱之介に、

「いえ、どうぞ中へ」

三浦は手で招き入れた。

「お客人は、よろしいのですか」

壱之介の問いに、三浦は首を振る。

「客ではなく、国家老の配下です。御領地の相良が召し上げになったので、後始末に奔走しているのです」

あ、と壱之介は、田沼家が蒙《こうむ》った罰を思い出した。

「御領地には多くの御家臣がいらしたのでしょうね」

「ええ、三百人を超える家臣がいました。が、十一月の二十五日にお城の明け渡しを命じられ、皆、出たのです」

「それは……」壱之介は言葉を詰まらせた。

「難儀をなさっているでしょうね」

「ええ。国家老の井上《いのうえ》が差配しているのですが、家臣を裸で放り出すわけにはいきませんから、分配するための金子を、今、工面しているのです」

三浦は机に置かれた算盤を見た。

眉間に刻まれた皺が、深い。真顔になっても消えないその皺を、三浦は壱之介に向けた。

「して、ご用向きは土山宗次郎殿のことですかな」

「はい」壱之介は拳を握って見返した。

「実は、平秩東作を追って……」

これまで三度話した、事の次第を繰り返す。

「ほう、そうでしたか」三浦はいくども頷いた。

「いや、見つかって江戸に戻されて、評定を受けているという話は伝わっていました。評定所から、こちらにお尋ねもありましたから」

「そうだったのですか。渡した金子のことですか」

「ええ。いくら渡したか、高《たか》を知らせよ、と言われて帳簿を見せました。改めて合算してみると大層な額面で、お役人も驚いていましたが」

三浦が苦笑する。

壱之介は土山宗次郎の歪んだ顔を思い出した。

「土山殿は悔いている、と言っていました。役人に縄をかけられた別れ際には、詫びを伝えてほしいと……三浦殿と田沼様に……」

三浦の眉が小さく寄る。

「ほう、悔いている、と……」

三浦が腕を組んで俯いた。

壱之介がそっと窺っていると、三浦は顔を上げた。

「正直、わたしは腹を立てていました。今、あれだけの金子があれば、どれほど助かることか」

三浦の目がちらりと算盤を見る。

壱之介は思わず頷いた。

「十二月の五日にお沙汰が下されるそうです。死罪は免れまい、と皆、言うています」

「でしょうな」三浦はふうっと息を吐いた。

「うちの金はどうあれ、公金に手をつけたのは許されますまい。ですが、そうなってみると、惜しい気もします」

「そうなのですか」

驚きを顕わにする壱之介に、三浦は歪めた笑顔を見せた。

「お城のお役人は手堅い人が多い。殿の元にも多くのお役人が訪ねて見えましたが、土山殿のように豪放な人は初めてでした。殿もそこを買われていた」

壱之介はそっと目を巡らせた。屋敷のどこかに、田沼意次がいるのだ、と改めて思う。あの、と顔を戻す。

「田沼様はお怒りではないのですか」

その問いに、三浦は苦笑を深めた。

「殿にもこたびの仔細を伝えたところ、そうか、とおっしゃっただけでした」

三浦は屋敷の奥へと顔を向ける。

おそらく、そちらに部屋があるのだろう、と壱之介も顔を向けた。

「あの、土山殿のお詫びをお伝えしたいのですが」

田沼意次と会ってみたい、という気持ちが湧いていた。

いや、と三浦は静かに首を振った。

「蟄居は客と会うことも禁止されていますから」

ああ、そうだった……。肩をすくめる壱之介に、三浦は穏やかに言った。

「わたしから、ちゃんとお伝えします。ご安心を」

「はい」

壱之介は深々と低頭した。


松本家の門に、壱之介は立った。

「ごめんくだされ」

声を上げても、応答はない。

脇の潜り戸を押すと開いたため、壱之介は中へと入った。

慌てて中間が飛んで来る。

「ああ、これは」

以前、訪れた際に顔を覚えたらしく、中間はすぐに屋敷へと引き返した。

戻って来た中間が庭へと招く。

「こちらに」

進むと、縁側に松本秀持が座っていた。

壱之介は寄って行って、頭を下げる。

「いつぞやは……」

「ああ、どうぞ」松本は縁側をぽんぽんと手で叩いた。

はぁ、と壱之介はそこに腰を下ろす。

「土山殿は……」松本が空を見上げる。

「牢屋敷だそうですね」

「はい、実は……」

壱之介は五度目の同じ話をする。

「ほう、そうでしたか」松本は顔を向ける。

「それはお役目、ご苦労なことでした」

いえ、と壱之介は顔を逸らす。

「土山殿は松本様に科が及ぶのではないか、と案じておられました」

ふうむ、と松本は口元を歪める。

「すでに評定所から呼び出され、吟味を受けております。知ることは話し、知らぬことは話さない。わたしがしたのはそれだけです。正直、土山殿の金のことについては、なにも知らなかった」

壱之介は黙って頷く。

しかし、と松本は目を眇めて庭木を見る。

「配下の者が公金を盗んだというに、それに気づかなかったのがそもそもの罪。こたびは、逼塞ではすまないでしょうな」

　壱之介が神妙な面持ちになる。

　松本はそれに気づき、「まあ」と、飛んで来た小鳥を目で追った。

「あとは野となれ山となれ、というところです。わたしへの刑など、田沼様の蒙った重罰に較べれば、屁《へ》のようなもの」

　そう言って、苦く笑う。

　いや、と真顔になって壱之介に向く。

「わざわざのお知らせ、かたじけない」

　かしこまる松本に、壱之介は立ち上がって向き合った。

「では、これで」

　踵を返すと、地面から小鳥が飛び立った。

五

　十二月五日。

　朝、小伝馬町の牢屋敷前に、壱之介は立った。

ちょうど表門が開いたため、壱之介は首を伸ばした。

この中に、土山宗次郎がいるのか……。しかし、牢屋までは見えない。

周りにいた人々が動き出して、表門へと集まる。

門の前には店がある。そこで買った物を中の科人《とがにん》に届け入れるのだ。

布団や手拭い、下帯や髪油、菓子や弁当などを抱えた人が、門の前に並んだ。

壱之介は店から外れた場所に佇んで、それらを眺めていた。

同じように、ただ立って眺めている男らもいる。

誰か出て来るのを待っているのだろうか、と壱之介は横目で見た。

男達の潜めた声は、聞き取れない。

歩いたり戻ったりしながら、壱之介は門の前に居続けた。おそらく、沙汰を告げに誰かが来るはずだ……。

評定を行うのは若年寄や旗本らだ。目付、町奉行、勘定奉行、寺社奉行らが吟味をし、沙汰を下すことになっている。

すでに牢に入っているのだから、ここで沙汰を告げられるだろう、そして……。

考えを巡らせながら、歩く。と、踵を返した壱之介は、あっと目を見開いた。

見知った姿がこちらにやって来る。長い袋を抱えた女だ。

漢詩芸者のお仙ではないか……。

壱之介は駆け寄った。

「お仙さん」

えっ、と立ち止まったお仙は、小首をかしげて、すぐに頷いた。

「ああ、前にいらした御武家様」

ええ、と牢屋敷を目で示す。その意を察して、お仙もそちらを見た。

「今日、お沙汰が下りると聞いたもんでね」

誰にそんなことを、と顔に浮かんだ壱之介に、お仙は肩を上げた。

「あたしのご贔屓には、お役人様もいらっしゃるんですよ」

お仙は布袋を抱え直して、牢屋敷に向く。

袋の形から、三味線だと見て取れた。

座敷に向かう途中だろうか、と壱之介は横目で見た。

「なんだかねえ」お仙は溜息を吐く。

「浮いたり沈んだり……人の一生なんて、ほんと、わからないもんでござんすねえ」

壱之介は、その凜とした横顔を盗み見る。

牢屋敷の表門は西南を向いており、まだ日は差してこない。

門から延びる長い塀も、暗い。
おや、と壱之介は顔を向けた。蹄《ひづめ》の音だ。
馬上の武士とそれに従う者らの一行がやって来る。
壱之介は唾を呑み込んだ。
お沙汰か……。
お仙も足を踏み出して見る。
周囲にいた人々は、隅に引いて道を空けた。
一行は表門に到着し、中へと招き入れられた。
そこに足音がやって来た。
若い町人の男が、駆けて来る。
潜め声で話していた男らが、腕を振る。
「おう」走って来た男が、荒い息と声を吐き出す。
「死罪、土山宗次郎は死罪だってよ」
その声が響いて、まわりがざわめく。
やはり、と壱之介も息を詰めた。
潜め声の男らが集まる。

「やっぱしな」

「で、ほかには」

ああ、と息を整えながら、駆けて来た男が言う。

「平秩東作が南町に呼び出された」

「罪状は」

「そいつはまだわからねえ」

「よし」一人が手を上げる。

「すぐに始めるぞ。おめえは文を書け」

「おう」

皆が走り出す。

そうか、と壱之介はそれを見送った。読売《よみうり》を作るのだな……しかし……。

壱之介は平秩東作の顔を思い出す。やはり罪に問われたか……江戸払いくらいですめばよいが、敲《たた》きなどを科されれば、あの年だ、きつかろう……。

考え込む壱之介の傍らから、お仙がすっと離れた。

唇を嚙み、三味線を抱きしめるようにして、堀沿いに進んで行く。

どこへ行くのだ……。壱之介は思わずそのあとについた。

お仙は東側へと塀を回り込んで行く。

塀沿いに進んでしばらく行くと、お仙は足を止めた。

その先は塀が曲がり、内側にへこんでいる。

お仙はその手前に立って、塀に向かい合った。

横に立った壱之介に、お仙は言った。

「この向こうが土壇場でござんしょ」

土壇場とは、首斬り場のことだ。死罪を申し渡された科人は、そこで刑が執行される。刑は沙汰が下りれば、間を置かずに行われることになっている。

あ、と壱之介は息を呑んだ。

お仙は袋を開けると、中から三味線を取り出した。

撥を手にすると、ベン、と大きな音を立てた。

左手を動かして、音を曲にしていく。

お仙は横目で壱之介を見た。

「これは、土山様のお好きな曲でしてね」

目はそのままで、口元だけで笑む。

大きな音で、お仙は弾き続ける。

壱之介は塀を見つめた。

土山宗次郎の耳に、今、この音は届いているのだろうか……。

見たことのない土壇場が目に浮かび上がり、壱之介は顔を伏せた。

お仙の手に勢いがつく。長い塀に、三味線の音がこだまする。

まだか、いや今か……。唇を嚙んで瞑目《めいもく》する。

中からは、なんの音も聞こえてこない。

お仙は一心に三味線を弾き続けている。

壱之介はほうっと息を吐き出した。知らぬうちに息を止めていたことに気がつく。

と、あっ、と声を漏らして顔を巡らせた。

壱之介は走り出す。

三味線の音が遠ざかっていった。


南町奉行所の前に、壱之介は駆け込んだ。

表門の前で足を止め、息を整える。

胸を押さえていると「よう」と声がかかった。

「兄さんも来たのか」

蔦屋重三郎だった。

「あ、平秩東作さんがお呼び出しを受けたと聞いて」

「おう」重三郎が門を見る。

「あたしもそれを聞いてやって来たのさ。まあ、ただじゃあすまないとは思ってはいたが、どうなっちまったんだか」

腕を組む重三郎に、壱之介が向いた。

「大田南畝殿はどうなったのでしょう。ご存じですか」

「ああ、評定所から呼び出しを食らったとは聞いた。いろいろと訊かれたそうだ。が、それきりらしい。お咎めなしってえことじゃないかと思うが」

「そうですか」

「おう。けど、勘定奉行だった松本様は逼塞の刑を受けたらしいぜ」

「逼塞……」

そうか、と壱之介はつぶやく。それですんだのか……。

庭を眺める松本の姿が思い出された。

その壱之介の肩を、重三郎が叩いた。

「おい、出て来たぞ」

表門から平秩東作こと稲毛屋金右衛門が、息子の若旦那に付き添われて出て来る。

壱之介は重三郎とともに駆け寄った。

「東作先生、どうなった」

そう問う重三郎に、平秩東作は胸を張った。

「罰を受けた」

「どんな」

覗き込む重三郎に、東作は片目を細めた。

「急度《きつと》叱りだ」

え、と壱之介は息子を見た。若旦那は笑って頷く。

「きつぅく叱られましたが、それで終いです」

「はあぁ」重三郎が天を仰ぐ。

「そいつぁ、よかった」

「心配かけてすまなかったな」

東作はそう言うと、壱之介に目を向けた。

「あなたさんも来ておいでなすったか。いや、礼を言いたかったので、ちょうどよかった」

背筋を伸ばすと、壱之介に向かって腰を折った。

「言われたとおり、余計なことは話さなかった。土山様の嘘に合わせて、とぼけとおしましたぞ」

え、と重三郎は東作と壱之介の顔を見比べる。

壱之介は東作に小さく頷く。

「軽い罰ですみ、よかったです。案じていたので来てしまいました」

重三郎はふうん、と二人を見る。

東作は顔を上げると、ゆっくりと歩き出した。

その顔がだんだんと下を向いた。

「けど、土山様はもう……」

東作は、壱之介を上目で見る。

壱之介は黙って頷いた。

「そうか」

東作の背中が丸くなる。

息子がその背に手を添えた。

数歩、歩いてから、重三郎が手を上げた。東作先生の肩を叩くと、前を指さした。

「供養と祝いに一杯やるとしましょう」

腕を引いて、日本橋へと歩き出す。

壱之介は、そこに立ち止まり、道を行く一行を、見送った。

六

半蔵門を見つめていた壱之介が、足を踏み出した。

大田南畝が出て来たからだ。

南畝も壱之介に気づいて、寄って来る。

「これは……わたしをお待ちでしたかな」

「はい、またご一緒してもかまいませんか」

「ええ、こちらも顚末《てんまつ》を伝えたい、と思うていたところです」

二人は並んで歩き出す。

壱之介はその横顔を見た。

「お咎めなし、ということだったのですか」

南畝は頷く。

「評定所からお呼び出しを受けて、いろいろと質《ただ》されましたが……」

神妙な顔を崩して、笑いを浮かべる。

「しらばっくれました。土山様からはいっさい金を受け取っていない。身請けの金はみんなから借金をしてかき集めたものだってね」

はっ、と笑いを漏らして首を振る。

「あなたから聞いていた土山様のご厚意に、厚かましく乗っかったってわけです」

壱之介は頷く。

「それこそが土山殿の望まれたことかと」

「しかし」南畝はさらに首を振った。

「なんとも後味が悪い。腹の底がこう、ぐねぐねと渦巻いて落ち着かんのです」

歪め顔から、壱之介はそっと顔を逸らす。

「もし、大田殿が罪に問われたら、土山殿はさらに後味が悪く……いたたまれなかったのではないでしょうか」

ん、と南畝は顔を向けた。

その顔で、ふうむ、と唸る。

「そうか、そう言ってもらうと、少し楽になりますな」

南畝は地面を蹴るように足を運ぶ。

足先に当たって、小石が飛んでいった。

「だが、つまるところ」南畝は顔を伏せる。

「わたしは保身に走ったのです。真のことを言えば、お役御免になる。下手をすれば遠島《えんとう》だ。そうなれば、家の者は、いやお賤も路頭に迷う。何よりも、たかが御家人とはいえ、代々続いてきた家を潰してしまう。そう思うと、口から平気で嘘が湧き出しましてな……いや、我ながら浅ましい限りだ」

伏せた顔を振る。

「なので、わたしは性根を入れ替えようと思うています。せっかく土山様が守ってくださった身だ、役人としてまっとうに生きていかねばならぬ、と」

ゆっくりと顔を上げた。

その目が空の雲へと向く。

冬の高い空に、白い雲が流れていた。

壱之介も、同じようにその雲を追った。


日本橋を歩いていた壱之介は、おっと、と身を躱した。

夕刻の道を、急ぎ足の男が行き交う。

まさに師走《しわす》だな、壱之介はつぶやく。

十二月もすでに半ばを過ぎていた。

にぎやかな店先を覗きながら歩いていると、後ろから声がかかった。

「旦那、煙管はいりませんか」

振り向くと若い町人が首を伸ばしてきた。

はて、とその顔を見る。

相手も、おや、と見上げる。

「ああ」壱之介は手を上げた。

「以前、銀の煙管を見せてきた……」

あっ、と男は仰け反った。

「そうか、あんときの旦那」

うむ、と頷いて壱之介は男が手にした銀の煙管を見た。

「まだ売れていないのか」

「ええ」男は首を振った。

「やっぱり、倹約令が出たゆえ買えぬと皆さんおっしゃって。前は、贔屓のお客がたくさんいたんですけどねえ」

　ふうむ、と壱之介は城中の光景を思い出す。以前は城勤めの合間に、煙管を見せて自慢し合う武士が多かった。

　男は手にしていた煙管を懐にしまおうとする。

「旦那はいらないんでしたね」

「あっいや、見せてくれ」

　壱之介は手を伸ばした。が、すぐにそれを止めた。

「だが、さすがに銀は高そうだ、もう少し手頃なのはあろうか」

「へい」男はすぐさま懐から別の煙管を取り出した。

「これなんざ、羅宇《らう》の竹が実にいい色で、如心《じょしん》ってえ形なんで雁首《がんくび》が六角になってるんでさ。こう、下に置いても転がらない、ってえすぐれもんでさ」

　目の前に出された煙管を手に取る。

「転がらない、というのはよいな。よし、これをもらおう」

　巾着を広げた壱之介に、男はいくども頭を下げた。

「かっちけねえこってす。また、ご用の際には、ぜひ」

　手を揉む男に背を向けて、壱之介は歩き出す。

通油町へと向かうと、蔦屋へとまっすぐに進んだ。

賑わう店先から、奥へと入る。

覗き込むと、重三郎の姿が見えた。

「こんにちは」

大声を出すと、重三郎は「おう」と顔を向けた。

「どうぞ、お上がんなさい」

では、と壱之介は上がり込む。

広げていた絵を片付ける重三郎に、壱之介は「いえ」と手で制した。

「すぐにおいとまします」懐から煙管を出す。

「これをお持ちしただけなので。どうぞ」

ん、と煙管を手にした重三郎が顔を上げる。

「なんだい、こりゃ」

「お礼です。本を貸していただいたり、いろいろと教えていただいたので」

「ほお、そりゃご丁寧に。いや、ありがたく頂戴しますよ、あたしはこの形がいいんだ。転がって火でも出たら、紙だらけの店はひとたまりもあったもんじゃない」

「なるほど、なればよかった」

笑顔になった壱之介に、重三郎も目元を弛める。

「兄さんは義理堅いお人だ、吉次郎とは大違いだね」

「え……弟はなにか不義理をしているのですか」

かしこまる壱之介に重三郎は笑う。

「いや、不義理ってほどのもんじゃない、ま、おおらかってこった」

はあ、と首を縮める。

「けど」重三郎は真顔になった。

「土山様のことでは、兄さんも大変だったな」

「いえ」壱之介も顔を引き締めた。

「ですが、平秩東作さんも松本様も、軽い罰ですんだのはなによりかと……大田南畝殿はお咎めなし、でしたし。すべては土山宗次郎殿の意気、によるものでしょうが」

ああ、と重三郎は溜息を吐いた。

「そう、そいつはよかった……だが、四方赤良は失っちまった」

は、と壱之介は首をひねる。

「それは、どういうことですか。四方赤良とは、大田南畝殿のことですよね」

「そのとおり。南畝先生はもう狂歌はやめるって言い出しなすった」

「そうなのですか……これからは役人としてまっとうに生きていく、とはおっしゃってましたが」

「そう。それで狂歌をやめる、と。まあ、狂歌はお上から睨まれることが多いから、まっとうな役人には傷になる。睨まれれば、せっかく土山様が守ってくれた地位をふいにしかねない。そう考えなすったんだろう」

重三郎は大きな溜息を吐いた。

「江戸の狂歌を率いてきなすった大狂歌人を失うたあ、もったいないことだがね。この先は、学問に精を出す、と言ってなすった」

そうか、と壱之介は拳を握った。学問に励めば、出世にもつながる……身を危うくしたからこそ、足下を固める覚悟を持たれたのだろう……。

重三郎は顔を上げた。

「兄さん、飲みに出よう」

「はっ」

「やけ酒だ」重三郎が立ち上がる。

「兄さんには東作先生も南畝先生も世話になったようだし、その礼もかねて奢《おご》らせてもらうぜ」

はい、と壱之介も立ち上がった。もっと話しができるのはうれしい。

座敷から出て、二人は土間に下りる。と、そこに男が立ち塞がった。弟の吉次郎だ。

「あれ、兄上も来ていたんですか」

「うむ、ちと用があってな」

「へえ、そうでしたか。あ、これ」と吉次郎は風呂敷包みを重三郎に差し出す。

「師匠から絵の見本です」

「おう」重三郎は顎をしゃくる。

「手代に預けておいてくれ。これから飲みに出るところだ」

外に出た二人を、吉次郎が慌てて追って来る。

「飲みに、わたしも連れて行ってください」

「んん、戻って仕事をしなくていいのか」

重三郎の言葉に吉次郎は首を振る。

「蔦屋さんに誘われたと言えば師匠も許してくれます」

「いや、誘ってないが」

重三郎の言葉に、吉次郎は壱之介に向く。

「あ、では兄に誘われたと言います」

「いや、なにも言ってないぞ」

壱之介は首を振る。

「ああ、もう」吉次郎は身をくねらせた。

「いいじゃないですか。わたしもまぜてください」

その身振りに重三郎が笑う。

「やっぱし、大違いの兄弟だな。まあ、いいや、来な」

重三郎が歩き出す。

苦笑する壱之介と笑顔の吉次郎が、そのあとに続いた。